落ちこぼれ[☆1]魔法使いは、今日も無意識にチートを使う
Ochikobore [☆1] Mahoutsukai wa, Kyo mo Muishiki ni Cheat wo Tsukau....
10
右薙光介
Presented by Kousuke Unagi

ミント
ユユの姉でアストルの妻。陽気な性格でパーティのムードメーカー。大剣を軽々と振り回す。
ユユ
アストルの妻でミントとは双子の姉妹。物静かな魔法使いの少女。アストルの心の支えになっている。
アストル
最低ランク☆1のアルカナを授かってしまった少年。『先天能力《インヒーレント》』により、魔法を自在に使いこなす。

ロータス
☆1解放組織
『トゥルーマンズ』を
率いる青年。
ジェンキンス
ラクウェイン侯爵。
エルメリア王国の
医療部門を統括する。
ナナシ
アストルの使い魔。
甘いものに目がない。
グレイバルト
アストルの塔の生徒で、
変装や諜報活動の達人。
主な登場人物
Characters

偽《いつわ》りの解放者

西の国《ウエストランド》の学園都市ウェルスに戻って半年、春の気配が近づいてきた砂猫《すなねこ》の月《つき》の終わり頃。

俺――☆1《のうなし》アストルは、学園都市《ウエルス》の『賢人《けんじん》』として穏やかながら落ち着かない日々を送っていた。

人の生活領域を脅《おびや》かしていた茨の精霊《ソーンエレメンタル》を城ごと焼き払い、世界を崩壊に導く『淘汰《とうた》』の一種であるらしい〝金色姫《こんじきひめ》〟を得たところまでは、良かった。

それで、一旦はエルメリア王国の問題は解決したと思っていたが……どうやら、向こうはキナ臭いことになっているらしい。

自分の塔のリビングで考え事をしていた俺は、生徒の一人で密偵集団『木菟《ミミズク》』隊を率いるグレイバルトに話を振る。

「何か情報は？」

「頼っていただけるのは嬉《うれ》しいのですが、あいにくと」

「そうか、すまない」

困っている様子のグレイバルトに苦笑を返して、俺はどうするべきか迷っていた。

『カーツ』と『ノーブルブラッド』。

アルカナの☆の数こそ人の価値と主張し、☆1を排斥《はいせき》する、過激な思想の集団だ。

エルメリア王国における後ろ暗い組織が、いまだ政情が不安定な国内で暗躍《あんやく》している。

ヴィーチャことエルメリア国王ヴィクトールと、パーティのリーダーであるエインズが俺を遠ざけているのは、それらの組織の目が俺に向きすぎるからだろう。

「また悩んでるわけ？」

「ミント……」

振り向くと、妻のミントが腕組みして俺をじっと見ていた。

気もそぞろに情けなく唸《うな》っているのだ、責められても仕方あるまい。

「エインズからは、しばらくエルメリア方面に近寄るなって言われてるんでしょ？」

「まあね。でも、俺だけここで安穏《あんのん》としていていいのかなって」

「気になる、なら、行く？」

ミントの後ろからひょこっと顔を覗《のぞ》かせたもう一人の妻ユユが、小さく首を傾《かし》げる。

彼女は妻になってから少し活発になった。

というか、きっと俺に合わせてくれているのだろう。

「おすすめはできかねますが、どうしてもと言うなら、安全なルートをご用意しますよ、先生」

グレイバルトの提案を受け、俺は腕組みする。

「そうだな……」

俺一人なら〈異空間跳躍《ディメンションジャンプ》〉の魔法ですぐさま行くこともできるが……問題の解決にあたるなら、仲間達と一緒に行動した方が手堅いかもしれない。

それに、この状況で妻達を置き去りになんてしたら、後が怖い。

「行くとして、ルートはどうする？　また海を行くのか？」

「それも堅実だとは思いますが、目指す場所が首都エルメリアとなりますと、時間がかかってしまいます。やはり陸路で国境を越えるのがいいでしょう」

グレイバルトの言葉に頷《うなず》いて、どうしたものかと考える。

今すぐに動くべきか、それとも機を待つべきか。

そも、狙いが俺という厄介《やっかい》な☆1なのであれば……囮《おとり》として出向いた方が、誘い出しやすくはあるかもしれない。

「お兄ちゃん、買ってきたよー」

「ただいまッス」

リビングで唸っていると、妹のシスティルと生徒のダグが、袋を抱えて戻ってきた。

先輩賢人のマーブルに預けた〝金色姫〟の様子を見に行くと言っていたので、ついでとばかりに買い物も頼んでおいたのだ。

ダグが首尾よく揃《そろ》えてくれたようだ。

「みんな、おかえり。お風呂、沸かしてある、よ。入って、おいで」

「や、そこは塔主のアストル先生からじゃないッスかね」

「いいよ。俺は後で入るから。先に入ってくるといい。二人一緒でもいいぞ」

俺の軽口に、システィルとダグが真っ赤になる。

この半年間で、二人はずいぶんと距離を詰めた。きっと、もうお互いの気持ちを確かめ合っているはずだ。

「もう、お兄ちゃんったら！」

「システィル、先に行ってくるッスよ。オレは先生に少し話があるッスから」

「そう？　じゃあ、お先」

頷いて去っていくシスティルの後ろ姿を見送ったダグが、こちらに向き直る。

その気配に、少しばかりの緊張が見えた。

「どうした、ダグ」

「学園経由でこれが届いてたッス」

真鍮《しんちゅう》製《せい》の魔法の円筒を差し出したダグの目は真剣そのもので、俺も少し気を引き締めてそれを受け取る。

「差出そのものは正規のものだな。開封跡もない」

この円筒は『高速便《こうそくびん》』と呼ばれるもので、一通届けるのに普通の手紙の何倍もの値段がかかる。

ましてや、他国からともなれば金貨を支払わなければならないはずだ。

「刻印は……エルメリアからだな。ヴィーチャあたりか？」

エルメリアには〈手紙鳥《メールバード》〉を飛ばせる魔法使いの人材がいない。

というか、この魔法を使用できるのは俺とその使い魔のナナシ、ユユ、それに義理の姉のフェリシアだけだ。

いや、マーブルも使えるか。少し魔法式が俺と違うようだけど。

研究した結果……あの魔法は些《いささ》か特別で、魔法式を編《あ》むコツのようなものが、俺と〝繋がり《リンク》〟を得た時にしか取得できないらしい。

なので、もしかするとミントも、真面目に練習すれば使えるようになるかもしれない。

それはさておき、これを開けてみないとな。

通常便でも速達便でもなく、高速便をさらに裏のルートを使って届けるくらいなので、何か重要な情報に違いあるまい。

茨の精霊《ソーンエレメンタル》を討滅《とうめつ》して、〝金色姫〟問題を解決した俺とその家族は、エインズの忠告通り、あれ以降はエルメリアに近寄っていない。

グレイバルトの手を借りて集めた情報によれば、特に大きな動きはなかったはずなのだが……

円筒を捻《ひね》ると、カポンと小気味いい音がして蓋《ふた》が外れる。

中には、公式書類で使用する高品質の紙が丸めて収められていた。

折り曲げてはいけないタイプの書類はこういった方法で保管するのは常だが……送ってよこすの

は珍しい。

「じゃ、オレは失礼するッスね」

「まあ待て、ダグ。一緒にこれを見ようじゃないか」

「勘弁してほしいッス。絶対に厄介事の類《たぐい》じゃないッスか……」

やっぱり、そう思うよな。

文句を言いながらもリビングのソファに腰を下ろすダグに感謝しつつ、テーブルの上に中身を広げていく。

まず、報告書のような物が一束。

それから、金で縁取りした高級紙に何か書かれたものが二枚。

あとは、書類らしきものが数枚入っていた。

最後に出てきたのは、手紙と思《おぼ》しき小さな便せんが一枚。それには、ヴィーチャの名が記されていた。

「やはりヴィーチャからだ。ええと、何々……？」

報告書のようなものは、王議会の議事録の写しらしい。議題と採決の結果も含まれている。

これは、国外に出してはいけないのでは……という考えを一旦意識の外へ追いやって、続きを読む。

高級紙はエルメリアの危機に対して行動したことへの報賞《ほうしょう》を示す内容で、それぞれに与えられる褒美《ほうび》と、俺の貴族的地位の向上についてが書かれている。

……とのことだが、これについては固辞《こじ》するべきだろう。金は惜しいが、受け取ると面倒事になるのは明白だ。

俺は、個人としてはエルメリア王国からの金品は受け取らないようにしている。

「……これは、何考えてんスかね」

珍しくダグが、険《けん》をにじませて数枚の書類を睨《にら》みつけている。

「それについては何も書いていないし、ヴィーチャ直筆の手紙も格式ばったものだ。ヴィーチャの名前で、エルメリア王議会が俺に送ったというのが正しい見解だな」

ヴィーチャからの手紙は、時節のあいさつや隠語めいた高等文書の書式で作成されており、その内容は同封の書類についての説明がほとんどで、近況を尋ねる言葉すら見当たらない。

いつもの砕けた様子がないことから、これは友人のヴィーチャとしてではなく、ごくごく事務的なやりとりをするためにヴィクトール王として書いたということだろう。

そして、ダグが今にもくしゃくしゃにしそうな書類は、『魔法誓約書』と『出頭命令書』である。

「……さて、エルメリアの貴族界隈《きぞくかいわい》で何が起こっているのかを、まずは確かめないとな。グレイバルト、頼めるか？」

「お任せください。こういう時のための我らですから」

小さく頭を下げて、グレイバルトが景色に溶けるようにして消えた。

生徒として俺の塔に所属している彼を部下や手下のように扱うのは些か気が重いが、状況の把握《はあく》にこれ以上適した人材はいない。

「なんだか、エルメリア王らしからぬ動きッスね？」

「ああ。どうもマズいことになっている気がする。情報が足りないな」

「裏の情報筋《じょうほうすじ》を手繰《たぐ》って調べてくるッス」

「頼むよ。深追いはしなくていい」

「ッス」

小さく頷いて塔を出ていくダグを見送った俺は、魔法処理を施《ほどこ》した便せんを取り出した。

宛先は冒険者予備学校時代からの友人でエルメリア貴族のミレニアとリック、それからエインズとその父親のラクウェイン侯爵《こうしゃく》、あとはヴィーチャ。

〈手紙鳥《メールバード》〉を飛ばす必要があるだろう。

返事が来るのは早くても一週間後になるが、どうしてこうなったのか当事者達の生の情報が欲しい。

何せ、添付されていた魔法契約書には〝エルメリア王国の臣民としてその全てをもって忠義にあたる〟などと記されており、実にヴィーチャらしくない。

そもそも、彼が俺に助力を求めるなら、〝友よ、すまないがまた力を貸してくれ〟と手紙を一つよこすだけで済む。

俺が〈異空間跳躍《ディメンションジャンプ》〉できることを知っているのだから、そこから話に入ればいい。

……で、あれば。

これは王議会としての、動きだ。

タイミング的に考えられるのは、『ノーブルブラッド』の連中が王議会で押し勝って、何かしようとしているってところか？

「こら、一人で抱え込まない。アタシ達もいるんだからね」

「……そうだった。〝繋がり《リンク》〟があった時の癖《くせ》かな」

俺は苦笑しつつ、ミントとユユをソファに招く。

「ヴィーチャの動きじゃない。何かがエルメリアで起きている」

「ね、この手紙……ちょっと、ヘン」

「だよな」

ユユの言葉に頷いて、俺は無詠唱で〈着火《ティンダー》〉を発動させ、手紙に火をつける。

手紙は端《はし》からチリチリと燃えながら、表面だけが焼け落ちた。

ミントが俺の手元を覗き込む。

「中から別の手紙が出てきたわね？」

「やっぱりか」

俺とミレニアのちょっとした悪ふざけの話をうらやましそうに聞いていたヴィーチャだ。

仕込むとすれば、こういうことをするだろうと思った。

――友よ、これに気が付いてくれると嬉しい。

先の王議会において、今回の〝金色姫〟事案の検討が行われた。

君が茨の精霊《ソーンエレメンタル》を討伐してくれたこと、深く感謝する。

……だが、恐れていた事態が起きてしまった。

君という存在を危険視する者が出てきたんだ。

おそらくは『カーツ』と繋《つな》がる『ノーブルブラッド』の工作だとは思うが、君が優秀すぎて、筋道が通ってしまった。

国軍対応しなくてはならないような魔物を単騎で殲滅《せんめつ》する君を、エルメリアの戦力として取り込むべきだ。……有《あ》り体《てい》に言えば、☆1なのだから戦用奴隷《いくさようどれい》として誓約書と魔法道具《アーティファクト》でコントロールするべきだという、愚かな主張が出回りはじめている。

まったくもって度し難いが、『ノーブルブラッド』としての結束力を持った老獪《ろうかい》な高位貴族どもを抑えるには、私は王としての経験も権威も足りなさすぎる。すまない。

届いた書類は、この手紙も含めて全て破棄してくれ。

私達から安全の報《しら》せがあるまでは決してエルメリアに近づかないように。

学園都市《ウェルス》にもあの愚か者達の手の者が訪れる可能性がある。充分に警戒してくれ。

……君と友人でいるために、私達も手を尽くす。

親愛を込めて。

ヴィクトール・エルメリア

俺は手紙を再度〈着火《ティンダー》〉の魔法で燃やしながら、ため息をつく。

「……アストル先生、手配が終わりました」

ため息の終わりを待っていたかのように、グレイバルトが姿を現した。

「グレイバルト、知恵と力を貸してくれ。どうも、いろいろマズいことになっているみたいなんだ」

「お任せください。このグレイバルト、全力を尽くします」

恭《うやうや》しく、俺の生徒になった凄腕《すごうで》スパイがその頭を下げた。

◆

「高貴社会《ハイソ》に入り込むのに少しかかりましたが、ある程度情報を得ることができました」

あの書簡が届いてから二週間後、長く学園都市《ウェルス》から姿を消していたグレイバルトが帰ってきていた。

彼には高評価の単位を付与せねばなるまい。

……まあ、彼のことだ。放っておいても賢人の仲間入りをしそうだけれど。

「状況を動かしているのは、やはり『ノーブルブラッド』のようです。『カーツ』との繋がりまでは確定できませんでしたが、北とのやりとりを確認しています。モーディア皇国《こうこく》からの働きかけがあるようです」

「たかが☆1一人に大層なことだな。フェリシアは？」

「連絡役として『井戸屋敷《ウェルハウス》』に残られるとのことです。以降、『木菟』の情報を魔法でこちらに運んでくださるそうです」

フェリシアには後で謝っておかないとな。

「しかし、なんだって急に方針を転換したんだ……？　☆1の能力など認めないというのが、貴族達の基本スタンスだったはずなんだが」

「それが……ちょっと妙なことになっていまして。エルメリア、モーディアの他に第三勢力が噛《か》んでいます」

「第三勢力？」

この二国間の敵対構造に横槍を入れる勢力？

隣国であるグラス首長国連邦《しゅちょうこくれんぽう》であればエルメリアと共闘関係を結んでいるし、ザルデンや、まして西の国《ウェストランド》が第三勢力となることなどあり得ない。

「我々情報筋も関知しておりませんでした。まるで泡のように浮かび上がったんです。……彼らがどこから来て、いつの間に一大勢力になったのか、全く不明です」

「……」

嫌な予感がする。

およそ人の集まりなんてものは、すぐにマークされるのが常だ。

それが、いきなり国に敵対する勢力として出現するなんて……まるで『淘汰』のようじゃないか。

「それで、その勢力とは？」

「『トゥルーマンズ』を名乗っています。……人数は少ないですが、強力な魔法使いや、特別なスキルを持った者達の集団で、エルメリア、モーディアの両陣営にゲリラ的な戦闘行動を仕掛けています」

「目的は？」

「真実と解放のために……との声明を出しているようですが、真意や内容は不明です。問題は、ですね。……彼らの首魁《しゅかい》が〝魔導師《マギ》〟を名乗っているということなんです」

「そりゃまた、自信満々だな。じゃあ、この後ギルドに行って二つ名を返上してこよう」

「とんでもない！　あなたが疑われているんですよ！」

そうだろうな。

長らく俺の二つ名だったのだから、誰かが名乗ればそうもなる。

「今回の出頭命令書は、それが起因となっている節《ふし》があります。調べれば、あなたの二つ名が〝魔導師《マギ》〟であることは、すぐにわかりますからね」

「申し開きをしに行くべきかな？」

「おすすめしませんね。いろいろとタイミングが良すぎるんです。茨の精霊《ソーンエレメンタル》討伐と、彼らの行動が活発になった時期が一致しています。……エルメリアのご老人達は〝魔導師《マギ》〟が☆1集団を率いてエルメリアを滅ぼすと思っているのかもしれません」

ん……？

「今、なんて？」

「☆1集団、です」

「その『トゥルーマンズ』とやらの構成員は☆1なのか？」

「はい。調べではそのようになっています。〝魔王事変《まおうじへん》〟の時に姿を消した☆1がメンバーに含まれていることも確認しています」

ぞくりとしたものが、背中を走る。

野盗に身を落としたような☆1や☆2が、戦闘スキルに乏《とぼ》しい行商人を襲うのとはワケが違う。

軍事行動中の兵隊相手に、〝介入〟して戦闘行為をしているのだ。

つまるところ、そいつら……レベル上限を突破しているんじゃないか？

そうでもなければ、とてもじゃないが☆1にできるような行動ではない。

「情報収集のために友好的接触を図れる人材を検討中です」

「俺が行った方が早くないか？」

俺の答えを聞いたグレイバルトは、首を横に振る。

「迂闊《うかつ》が過ぎるでしょう。安全面でもそうですが、今は学園都市《ウェルス》にいるという証明が必要です。その集団とあなたが一緒にいるところを、他の斥候《スカウト》に見られでもしたら、大事です」

相手が☆1で、俺の二つ名を騙《かた》るというなら、俺が直接出向くのが一番早い気がするのだが……半《なか》ばパニック状態のエルメリアの重鎮達《じゅうちんたち》を無用に刺激する必要もないだろう。

考えていると、見覚えのあるハトのような物が、パタパタと窓辺へと舞い下りてきた。

それは、瞬《またた》く間に便せんへと姿を変え、ふわりと俺の机に着地した。

「ヴィーチャからだ」

「ヴィクトール王とは接触を持ちませんでした。少しばかり、妨害《ぼうがい》が厚かったもので」

「『井戸屋敷《ウェルハウス》』で待っていれば会えたんじゃないか？」

「あいにく、私は『井戸屋敷《ウェルハウス》』への入室許可をいただいていなかったものですから」

「あ……。すまない、名簿に加えておくよ」

グレイバルトに謝りながら、俺は届いた手紙にレターナイフを当てる。

「内容は……うん、その『トゥルーマンズ』についても書いてあるな。王国側には正式な要求書が届いているらしい。…………なるほど、ね」

『トゥルーマンズ』なる連中は『〝魔導師《マギ》〟ロータス』という人物を中心にした、☆1解放組織であるらしい。
☆1を不当に扱う現状は魔王の仕業《しわざ》で、それを維持する各国はいまだ魔王の手先である。レムシリアの真の住民たる☆1を救うために、立ち上がった……とのことだ。
ぱっと読んだ感じでは安っぽく聞こえるが……その言葉には真実が詰め込まれていることから、彼に入れ知恵した何者かは、このレムシリアの旧《ふる》き真実について造詣《ぞうけい》が深いらしいと窺《うかが》える。

「ナナシ、どう思う」

俺の呼びかけに応じて、肩に使い魔が姿を現す。そして、頭蓋《ずがい》をカタカタを鳴らしながら小さく嗤《わら》った。

「どうもこうも、その者の言うことは正しい。我が主《マスター》、これはラブコールだぞ」

「だろうな」

俺に伝わることを前提にした、安っぽい罠《わな》だ。

「逆に興味が湧《わ》くね、こういうのは」

「正体も気になるしね。吾輩《わがはい》は、直接会うのも手だと思うぞ」

俺の感想にナナシが同意を示すが——

「アストル先生、落ち着いてください。相手の思うつぼですよ。放っておけば、向こうから接触があると思います」

グレイバルトに諫《いさ》められてしまった以上、素直に諦《あきら》めるしかない。

「じゃあ、グレイバルト。引き続き調査と接触を頼む。必要なら俺の名前を使ってもいい」

「了解いたしました。こちらへの接触もワンクッション置くべきと思いますので、わかりやすい『窓口』を学園都市《ウェルス》に放っておきます」

グレイバルトが小さく頷いて応えた。

「それで、ナナシ。見解は？」

「『穢結石《インピュアリティ》』が絡《から》んでいる、というのはどうかな？」

人を『悪性変異《マリグナント》』へと変える『穢結石《インピュアリティ》』……やっぱり、それが濃厚だよな。

ナナシの予想は、俺も考え至っていたことだ。
☆1のレベル上限突破者がそんなに大量に存在するはずがない……ないのだが、あるとすれば、その現象を引き起こした原因は何かと考えなくてはならない。
レベル上限突破は、ここ数年でようやく研究が結実しはじめた、『存在係数《コスト》』関連の一側面でもある。

それを元に賢人達は、慎重《しんちょう》に『ダンジョンコア』を利用して☆1のレベル上限突破現象を確認している最中だ。

で、あれば。

噂《うわさ》の『トゥルーマンズ』が『ダンジョンコア』実験の被験者である可能性は極めて低い。

門外不出とまではいかないくとも、〝塔外秘〟程度には厳重に管理されているはずだ。

それがいきなりエルメリアの国内に大量に現れるというのは、状況的にあり得なさすぎる。

では、誰かが☆1に大量に『ダンジョンコア』を提供したのか？

……これもまたあり得ない。

まず理由が見当たらないし、『ダンジョンコア』というのは稀有《けう》な宝物だ。

それを組織的に使用するなんて真似《まね》をして、バレないはずがない。

そうなると、☆1の脆弱性《ぜいじゃくせい》を改変できるような物は『穢結石《インピュアリティ》』しかない。

消去法でそこに辿《たど》り着くわけだが、『穢結石《インピュアリティ》』であればモーディア皇国がいまだに所持しているはずだ。

そして彼らは『悪性変異兵《マリグナントソルジャー》』を生み出すために、☆1にそれを使用していた経緯がある。

被検体が逃走した……あるいは、件《くだん》のロータスなる人物が、『穢結石《インピュアリティ》』を持ち出して、☆1に与えたのかもしれない。

そもそも、エルメリアにいた☆1のほとんどは、クシーニ方面に逃げてきていて、現在はそこに定着している。

戦場となっている北地域に現れたのならば、その構成員はモーディア皇国の☆1か、魔王事変時に実験体とするべく攫《さら》われたエルメリアの☆1だろう。

そして……どちらも、世界の現状に大きな恨《うら》みを持っている。

これは、いわば世界に対するクーデターだ。

「『穢結石《インピュアリティ》』を使ったとして、正気でいられるのか？」

「☆1であれば可能だろうね。☆5が魔力《マナ》に強い抵抗力と保有力を持つのと同じさ。☆1は逆に瘴気《ミアズマ》に対して強い抵抗力を持つ。レベル限界なんてものは、それを取り込んだ時点でなくなってしまうんじゃないかな？　厳密には、人ではなくなるのだし」

『穢結石《インピュアリティ》』は瘴気《ミアズマ》を結晶化させた……いわばこの世界においてネガ反転させた『ダンジョンコア』のような物だ。

機能として願望の『成就《じょうじゅ》』をなしたりはできないが、魔力《マナ》と理力《オド》を変容させて、〝なりたい自分〟〝なるべき自分〟へと歪《ゆが》んだ進化を促《うなが》す。

瘴気《ミアズマ》に抵抗のない☆5であれば、それはもう即座に『悪性変異《マリグナント》』に変貌《へんぼう》させてしまうくらいに侵《しん》蝕性《しょくせい》が強い。しかし抵抗力の高い☆1であれば、その猛毒を薬のように作用させることもできるのかもしれない。

いずれにせよ、人として試すべきではない邪法には違いないのだが。

〝魔導師《マギ》〟なんて大層な二つ名には、今もそれほど未練はない。

欲しいという奴がいれば、どうぞどうぞと渡してしまってもいい。

さりとて、今のところそれは、アストル《おれ》を指す二つ名として広まっている。

そんな俺の二つ名である〝魔導師《マギ》〟を名乗っていながら、『穢結石《インピュアリティ》』で何かをしようとしているなら……少しばかり頭にくる。

それは、かつての〝魔導師《マギ》〟であるアルワースをはじめとして、ビジリやデフィムといった仲間達が……その命を懸けてこの世界から駆逐《くちく》しようとしたものだ。

それを俺の二つ名を使って、こともあろうに俺と同じ☆1に使っているのであれば……決して許すわけにはいかない。
☆1解放なんてご大層なことを言ってはいるが、正道ではない方法でそれをなすなら、やっていることは魔王と変わらないのだから。
「ふーむ。目的が☆1の解放として……その後のことを何も考えていないようだね。もしかして、バカなのだろうか？」

「テロリストなんて連中の頭の中には、いつも湿った藁《わら》くらいしか詰まってないものさ。モーディア皇国の手駒《てごま》って可能性もあるけど、さて……どうしたものかな」

ナナシの疑問に軽口を返しながら、俺は心の中で決心する。

ほぼ確定だろうが、彼らが『穢結石《インピュアリティ》』を使っているなら、俺にとっては敵だ。

ただ、モーディア皇国の逃亡被検体という可能性もある。

人ならざるものとして存在することになった彼らを受け入れる寛容《かんよう》さは、今この世界にはおそらくない。いくら抵抗力が高いとはいえ、瘴気《ミアズマ》をその体に宿した以上は、彼らは魔王の手先であり、分類上は魔物《モンスター》なのだ。

もっとも……そういう言い方をすれば、他の人間から見た俺も魔物《モンスター》なのかもしれないか。

「状況を整理した方がいいかもしれませんね」

「そうだな」

グレイバルトに促され、俺は羽ペンをとる。

「つまり、俺という人間は……『トゥルーマンズ』を率いる第三勢力の首魁で、エルメリアに対して示威行動《じいこうどう》をとっている、とされている」

「そうだね」

声に出しながら、紙にペンを走らせる。

視覚的な理解が、閃《ひらめ》きをもたらすこともあるかもしれない。

「実際のところは、ロータスという人物が表に立っているらしいが……こいつは実体がわからないな。『穢結石《インピュアリティ》』を持っているとして、モーディア皇国の人間か？」

「モーディア皇国では☆1は生き残れまい。あるとすれば、エルメリアから誘拐《ゆうかい》された人間だろう。ふむ、これは仮説なのだが……」

ナナシの言葉にペンを止めて、少し考える。

「ロータスは、バーグナー領都《ガデス》の元住人の可能性がある……か？」

俺が継いだ言葉に、ナナシが小さく頭蓋を揺らす。

かつて俺が成した〝伯爵令嬢《ミレニア》の救出劇〟は、バーグナー領都《ガデス》の人間なら皆知っている。俺が☆1だという事実も、だ。

そしてその後、俺が〝魔導師《マギ》〟と呼ばれていることも、彼らは知っているだろう。

そのネームバリューを☆1の旗印《はたじるし》として使うのは、宣伝効果が高いかもしれない。

俺が決してしない、名声の効果的な使い方をする奴だ……侮《あなど》れないな。

「本当に☆1の解放や権利取得ができると思っているんだろうか？」

俺の疑問を聞き、ナナシが諭《さと》すように言う。

「理想論者にそれを言うべきではないよ。彼らは視野が狭い上に、見たくないものは見ない。見えている未来は小さな穴から覗く甘いモノだけなのだろう」

俺だってそんなことはわかっている。

ただ、俺が起こさなかった行動を、誰か別の者が起こしてくれた……起こしてしまったという後《こう》悔《かい》に似た感情が、小さく湧き上がるのを感じた。

ヴィーチャをはじめとして何人かが、俺に行動するべきだと言ったことがある。

☆1の解放者に、守護者に……〝王〟になるべきだと。

だが、俺はその器《うつわ》ではない。

目に見える範囲のものを、あがくようにしてなんとか守っている小市民だ。

それでも、時々俺の手からこぼれ落ちていってしまうというのに、その腕を全ての☆1の肩に回せと言う。

……絶対に無理だ。俺は英雄でも救済者でもない。ただの一魔法使い《いちまほうつかい》にすぎないのだ。

「……エルメリアに行こう」

「アストルさん!?」

驚くグレイバルトに小さく苦笑して、俺は立ち上がる。

どうにもこれは、学園都市《ここ》でじっとしているわけにはいかない事態のようだ。

「いいのかい?」

頭蓋を鳴らすナナシに俺は頷く。

「『穢結石《インピュアリティ》』が表舞台に出てくるのは、看過《かんか》できない。これは、俺の仕事だ」

「同感だね。さて、お手並み拝見といこうか〝魔導師《マギ》〟」

「そうだな、まずはグレイバルトに変装のコツを教えてもらおう」

俺の視線を受け、変装のスペシャリストが盛大にため息を吐《つ》いた。

◆

「気を付けてね、お兄ちゃん。ナナシ、お兄ちゃんが無茶しないように見ててよね」

「承《うけたまわ》った。だが、今回は奥方二人がいる。吾輩の出番はないよ」

システィルの言葉に、ナナシがカタカタと頭蓋を鳴らす。

そんな二人に小さく苦笑しながら、俺は妹に向き直った。

「一ヵ月くらいで帰ってくるよ。軽い現地調査みたいなものだ」

「いつもそんなこと言って無茶するでしょ。私もダグも連れていかないって言うんだから、心配くらいはさせてよ」

少し目を伏《ふ》せるシスティルの頭を軽く撫《な》でる。

「もう、子供じゃないんだから」

「はいはい。できるだけ急ぐよ。まだまだこっちでやらなきゃいけないことも、たくさんあるからな」

「うん……わかった。気を付けてね。義姉《ねえ》さん達も」

視線を向けられたミントとユユが、システィルを挟み込むようにハグする。

「わわ……」

「安心して！　アストルはアタシ達が守るわ！」

「ん。だいじょぶ」

少し耳を赤くしながら、システィルがおずおずと二人の背中に手を回す。

妹とユユ達がこうしてスキンシップを取っている様子は、どこか微笑ましい。

ひとしきり二人と抱き合ったシスティルが、俺に向き直る。

「グレイバルトさんは、もう……向かってるん、だっけ？」

「ああ、向こうで合流予定だ。現地での安全確保と情報収集を頼んである」

エルメリアに行くと決めてから、二週間が経過していた。

その間に、いくつかの準備と……グレイバルトに変装の手ほどきなどを受けた俺は、いよいよユユとミントを連れ立ってエルメリアに向かう。

グレイバルトも直接現地での諜報活動《ちょうほうかつどう》にあたるとのことで、一週間前に学園都市《ウェルス》を出た。

今頃はエルメリア王国に入国して、ラクウェイン領都《マルセル》へと向かっているはずだ。

驚いたことに、彼ら『木菟』は特別な移動手段を持っているらしく、足がとても速い。

普通なら学園都市《ウェルス》からラクウェイン領都《マルセル》まで、少なく見積もって二週間はかかると思うのだが、一週間とは。

……早馬の乗り継ぎでもギリギリといった具合なのに。

興味があるので、機会があったら方法を聞いてみようと思う。

「じゃあ、行ってくる。ダグもいるから安全だとは思うけど、念のため……用心してくれ」

「大丈夫。私だって、戦えるもの」

「そうだった」

きりりとした表情を見せるシスティルに軽く笑って、頷く。

巷では〝紫陽花《あじさい》の勇者《ゆうしゃ》〟などと呼ばれている彼女のことだ、そう心配する必要はあるまい。

それはそれとして、兄としてはいつまでも妹が気がかりではあるのだが。

「それじゃあ、行ってくる」

軽く手を振って、俺は住居である『無色《むしょく》の塔《とう》』の扉の外へと足を踏み出した。

◆

「ね、本当にアタシ達が一緒でよかったの？」

「ん？　どうして？」

西の国《ウェストランド》とエルメリアの国境に向かっている最中、ミントがそんなことを尋ねてきた。

確か、自分でついて行くと言い出したはずなのだが。

「アストル一人なら、〈異空間跳躍《ディメンションジャンプ》〉で王都の『井戸屋敷《ウェルハウス》』へ跳べたでしょ？　もしかして、足を引っ張っちゃったのかもって」

「……それも考えたんだけど、戦闘になる可能性もあると思って」

街道の上を風のように滑空しながら、俺はそう告げる。

「あと、『井戸屋敷《ウェルハウス》』は見張られているかもしれないからね」

王都の『井戸屋敷《ウェルハウス》』に跳んでもよかったのだが、それではヴィーチャやラクウェイン卿《きょう》に鉢合《はちあ》わせする可能性がある。それに〈異空間跳躍《ディメンションジャンプ》〉のことは知らないにせよ、屋敷周辺を密偵に見張らせている『ノーブルブラッド』の貴族がいないとも限らない。

当然、これから向かう国境近くの町も危険と言えば危険だが、こと諜報戦においてはグレイバルトの右に出る者はいない。

俺という☆1の安全を確保してくれているはずだ。

「まずは、国境近くの町で、エルメリアの情報収集。それから、陸路でラクウェイン領都《マルセル》を目指す……だった、ね？」

俺の隣《となり》のユユが、改めて今後の予定を確認した。

「ああ。ラクウェイン侯爵閣下《かっか》とエインズに秘密裏に接触する。良い顔はしないだろうが、起こっている事態を正確に把握する必要があるからな」

「ん。一緒に、怒られて、あげる」

そう言ってにこりと微笑むユユに、思わず口元が緩む。

彼女と一緒なら、エインズの小言だって怖くはない。

そんな俺を見て、ミントが少し頬《ほお》を膨《ふく》らませる。

「ちょっと、お嫁さんを一人忘れてない？」

「まさか。でも、ミントはエインズの小言が苦手だろ？」

「うっ」

目を逸《そ》らすミント。

冒険者時代から少しばかり大雑把《おおざっぱ》な彼女は、よくエインズから小言をもらってむくれていた。

それでも一緒についてきてくれるというのだから、ありがたい。

「エルメリアに入ったら、王都とラクウェイン領都《マルセル》の中間地点にあたる町、『ドゥルケ』に向かう」

ドゥルケは特になんてことない街道沿いの町ではあるが……ラクウェイン領都《マルセル》までは馬車で一日程度の距離で、旅人も多い。

王都にほど近く、さりとてさほど都会というわけでもなく、潜伏《せんぷく》するにはちょうどいい場所なのだ。

「我が主《マスター》。町が見えてきたぞ」

「……ああ、上々の出来だな」

ナナシに頷いた俺は、魔力をゆっくりと絞って、街道から少し離れた草原にふわりと着地する。

そう、着地した。

今回の旅に際して、少しばかり特別な移動手段を準備したのだ、俺は。

「凄いわねぇ、これ。ここまで三日くらいしかかかってないわよ？」

「アストルは、凄いんだよ？」

顔をほころばせる姉妹に、思わず俺もほっこりとした気持ちになる。

『羽付《はねつ》き飛行器《ひこうき》』と名付けたこの魔法道具《アーティファクト》は、三人乗りの空飛ぶ乗り物である。

魔力を循環させることで〈浮遊《レビテーション》〉を誘発、それを風の力で滑空させるだけの単純な玩具《おもちゃ》……だったはずだ。

ところが、学園都市では〝世紀の発明〟だとか〝流通の革命〟だとか、噂になってしまった。

今回の旅は、そのほとぼりを冷ますのにもちょうどいい。

「お待ちしておりました、アストル先生」

「わ、びっくり、した」

突然姿を現したグレイバルトに、ユユが驚いた顔をする。

慣れた学園都市《ウェルス》ならいざ知らず、郊外ではやはり驚く。

「宿はトラブルがあるかと思いましたので、手の者に家を借りさせました」

「ありがとう、助かるよ」

そう返事をしながら、かつてのビジリの笑顔を思い出す。

宿のことで迷惑をかけるのは、☆1の宿命なのかもしれない。

「アストル先生？」

「いや、なんでもないんだ」

「そうですか？　では、こちらに。町の中へこっそりと忍び込むルートを確保しております」

何から何まで……俺《おれ》の生徒は、優秀すぎる。

◆

国境そばの町で一泊した俺達は、グレイバルトの手引きで密《ひそ》やかに国境を越えた。

まるで犯罪者になった気分だったが、関所を通らずに不法入国したのだから、十二分に犯罪者だった。

……許せよ、ヴィーチャ。

そんなことを考えつつも、エルメリアの主要街道を避けながら、山間部などを利用してラクウェイン領へと進む。

先だってグレイバルトと旅程を共有したためだろう、『木菟』の面々が俺達の旅を完全サポートしてくれていた。おかげでトラブルに遭《あ》うこともなく、俺達はかなりスムーズにラクウェイン領の西端へと到達できた。

「ようやく到着したわね」

そう顔をほころばせるミントに頷いて、俺は行商人や旅人が行き来する大通りを見やる。

ラクウェイン領に入って数日、ようやく俺達は目的地であるドゥルケの町に到着していた。

「私はこのまま先行して、ラクウェイン領都《マルセル》に向かいます」

「ああ。侯爵かエインズに接触できそうなら、俺のことを伝えてくれ」

「承りました。それまで、あまり派手に動かないようにお願いしますよ、先生？」

そう言って、グレイバルトは人ごみに溶けていった。

そんな彼を見て、ミントとユユが小さく苦笑する。

「グレイバルトもわかってきたわね」

「ユユ達で、がんばる、です」

別に好きでトラブルに巻き込まれているわけじゃないんだけどな。

まぁ、釘《くぎ》を刺されてしまった以上、自分でも気を付けるとしよう。

「我が主《マスター》、ようやく都市らしい場所に来たのだから、甘い物が欲しくならないかね」

俺の肩に乗ったナナシが周囲を見回しながら言った。

「それはお前の希望だろう？」

「使い魔に冷たく当たるのは悪い魔法使いだよ？」

「主人を強請《ゆす》るのは悪い使い魔じゃないのか？」

とはいえ……ナナシにはいろいろやってもらっているし、今後も機嫌よく力を貸してもらうためには、少しばかりの譲歩《じょうほ》も必要だろう。

それに、旅の疲れをねぎらう意味でも、甘い物をというのは悪くない提案だ。

「で、どの店だ？」

「まずは北通りに、その次は中央広場……何軒回っていいんだね？」

「好きなだけ付き合うよ。予算もたっぷりだ」

「君はとても優れた契約者《マスター》だな！」

実に上機嫌である。

出会った頃は知らなかったが、このナナシという悪魔は食道楽の化身《けしん》のような奴だ。

そして、この町……『ドゥルケ』は甘味の老舗《しにせ》が並ぶ町でもある。

ナナシは即座に人型に化けると、ご機嫌に町を歩きはじめたのだった。

◆

一日付き合うと宣言した以上は付き合わねばならないが……ナナシが満足したのは、日が傾きはじめたころだった。

ドゥルケの有名店はほとんど回ってしまったのではないだろうか。

もうしばらくはケーキもプディングもゼリーも見たくない。できればフルーツも勘弁してもらおう。

「ナナシったら、食べすぎよ？」

「ん。ユユ、夕ご飯がお腹に入らない、かも……」

胃袋を全て甘味で満たされたミントとユユが、少しばかり恨みがましい目で悪魔を見た。

そんな視線を華麗《かれい》に躱《かわ》して、ナイスミドルな紳士に化けたナナシが口角を上げる。

「いや、実に良い一日だったよ」

「それは重畳《ちょうじょう》なことだ。明日からバリバリ働いてくれ。……ん？」

手配した貸家に向かって大通りを歩いている途中、中央広場が何やらざわついているのに気がついた。良い気配とは言えないが、トラブルは確認しておきたい。

「アストル、あまり首を突っ込まないでよ？」

「わかっている」

ミントの注意に軽く頷きつつ、四人で固まって広場へと近づく。

南部と違って、ここはラクウェイン領都の目と鼻の先だ。

中央に近い土地柄であれば、☆1に対する風当たりも強い。

軽々にトラブルに巻き込まれるわけにはいかない。

しかし、現場を目の当たりにした俺は、思わず呟《つぶや》いてしまう。

「……これはよくないな」

小さな花壇《かだん》がある中央広場、その只中《ただなか》に亀のように身を丸くして縮める人影が見えた。

人々はその人影に向かって罵声《ばせい》を浴びせながら、石やらゴミやらを投げつけている。

「この☆1野郎が！」

誰かの言葉が耳に入る。

あの人影は☆1か……

いや、こんな仕打ちがまかり通るのは、☆1ならではかもしれない。

「どうする、我が主《マスター》」

ナナシが小声で尋ねてくる。

「どうする、とは?」

「このままでは、あの子供は死んでしまうが……いいのかね?」

いいわけがない。しかし、ここで目立つわけにもいかない。

「――……〈矢避けの加護《ミサイルプロテクション》〉」

もはや、無意識に手が動いていた。

無詠唱で、魔法を少年へと向ける。

脳裏に、死んでしまったキアーナの顔がちらりとよぎる。

正論では救えなかった同じ☆1の冒険者の少女。

あの時の後悔が、俺をトラブルに踏み込ませた。

「ナナシ、露見時《ろけんじ》パターンBだ。あの少年を買うぞ」

「やれやれ……だが吾輩は機嫌がいい。小芝居の一つも打とう」

その服装を高位貴族もかくやというものに変化させたナナシが、ずいっと前に出た。

威風堂々《いふうどうどう》といったその姿に、広場の喧騒《けんそう》がピタリとやむ。

「誇り高きエルメリアの臣民が、なんてことをしているのだね」

燕尾服《えんびふく》にシルクハットのナナシが、大仰《おおぎょう》な動きで少年の前に進み出る。

俺と姉妹は、その様子を人だかりの中からそっと見守った。

「なんだ、アンタは⁉」

「吾輩か？　吾輩はヴィクトール陛下直属の賢人〝アルワース賢爵《けんしゃく》〟の臣である。新たな栄光の時代へと歩まんとする諸君が、何故このような蛮人じみた行いをするのか？」

つらつらと、まるで劇役者のようにナナシが語る。

あまりに堂々とした姿に、誰もその身分について追及したりはしなかった。

ミントが以前見せた役者っぷりも凄かったが……ナナシもなかなかのものだ。

そんな中、群衆の中から男が一人歩み出て、不満の声を上げた。

「☆1に何したって、俺らの勝手でしょう！」

「話をすり替えるべきではないね。諸君の行いが野蛮だと言っているのだ」

「そいつは盗人だ！　☆1の犯罪者を生かしておくべきじゃねぇ」

「さて、我が国では私刑を禁じたはずだが？　何故、警邏《けいら》に連絡しないのかね？」

まるで自分が法を決めたかのように嘯《うそぶ》いて、身分の詐称《さしょう》を強化するあたり、ナナシの強《したた》かさが出ているな。

「それで、彼は何を盗んだって？」

「砂糖を盗んだんだ。高級な雪砂糖《ゆきざとう》だ」

「そうなのかね？」

よく磨かれた革靴の先で、ナナシがうずくまったままの少年を軽くつつく。

貴族階級を装《よそお》う以上、☆1に必要以上に優しく接する必要はないというのを、ナナシはよくわかっている。

「違います。僕は……きちんと、代金を、払いました」

「……らしいがね？」

ナナシは再び男に向き直り、静かに聞いた。

「☆1に雪砂糖なんて高級品、どこも売るわけないだろう！　つまり盗んだに違いない！」

この先頭に立って少年を嬲《なぶ》っていた男……どうやら関係者でもなんでもないらしい。

「つまり、彼が雪砂糖を持っていたから暴行を加えたと？　疑わしきは罰せずだよ、君」

「でもそいつは☆1なんだ。雪砂糖を買うような金を持ってること自体おかしい。盗みでも働かない限りはな！」

「それを判断するのは、君ではない。我々『高貴なる者』だ。君達が行なっていたのは、単なる王国臣民への暴行行為だよ」

「な……ッ？」

男と、周囲を取り囲んでいる者達の顔色が変わった。

「この件は吾輩の判断でアルワース賢爵預かりとする。この少年は、誰かの奴隷かね？」

「僕は、奴隷ではありません……」

「よろしい。では、さっさと立ちたまえ。君の疑いが晴れたわけではない。取り調べをさせてもらう」

ナナシは少年の横腹を杖で軽く叩いてみせる。

それに少年は小さな呻《うめ》き声を漏らす。

おそらくあれは肋骨《ろっこつ》が折れているな……ナナシめ、少しは手加減してやれ。

「彼に瑕疵《かし》がない場合、諸君は罪に問われる可能性がある。確たる証拠や事実をもって彼を罰していたという者は、進み出よ」

ナナシの声に進み出る者はなく、むしろ周囲は軽いパニック状態となり、実行犯達は後退《あとずさ》るか人混みにその身を紛《まぎ》れ込《こ》ませるかした。

打ち合わせたわけではないが、ナナシは上手く予防線も張ってくれたようだ。

こう言っておけば、自分から関係者ですと申し出る者はまずいない。

この場に〝アルワース賢爵の使用人がいた〟という話が広まるスピードも抑えられるだろう。

「では、行こうか。吾輩も忙《いそが》しいのでね。君への尋問は道すがらとさせていただく。荷物を忘れるなよ？――〝能無《のうな》し〟」

そう顎《あご》をしゃくられて、俺は自分にこの小芝居の役が回ってきたと理解した。

「はい、心得ております」

『塔』への土産《みやげ》兼、ナナシのおやつとして買った焼き菓子と、菓子の材料類……さっきから話に出ている雪砂糖などが入った袋をこれ見よがしに抱え上げて、俺はややぎこちなくナナシの後に続く。

おそらく、この広場に集まった住民達は、郊外に馬車でも待たせていると思っただろう。

「大丈夫か、君」

「はい、すみません」

ふらふらと立ち上がった少年に肩を貸しながら、スタスタと歩きゆくナナシの後ろになんとかついていく。

これが、本来の☆1の待遇だ。演技でなければ、ナナシの頭蓋を叩いているところである。

俺達の意を汲《く》んでくれたらしいユユとミントは、少し離れた場所から尾行者を警戒しつつ、ついてきている。

「さて、ここまで来ればいいだろう」

町を出て街道を少し歩いたところで、ナナシが立ち止まった。

「ああ、よくやってくれた。久々に☆1の現実を思い知ったよ」

俺は返事をしながら、手ごろな岩に少年を座らせる。

「……あの、助けていただいてすみません」

「表立って君を保護するのは難しかった。こういう形になったことを謝罪しよう。吾輩の行動を許してくれたまえ」

ナナシが貼り付いたような笑みを浮かべて優雅《ゆうが》に会釈《えしゃく》する。

人間の表情がよくわからないというナナシにしては、表情豊かと言える。

頭蓋の時の方がずっとわかりやすくはあるけど。

「仕方ないです。僕は、☆1ですから」

「俺もそうだよ。君、名前は？」

「ベンウッドといいます。あの……」

ベンウッドと名乗った少年は、怪訝《けげん》な顔で俺とナナシを交互に見る。

「アストル。〝能無し〟アストルだ。こっちはナナシ……俺の使用人だ」

使い魔であることは伏せておこう。
☆1が使用人を持っていること自体が異常ではあるが、まだ悪魔だなんだと紹介されるよりは呑み込みやすいだろう。
「☆1、なんですよね……？」

ベンウッドの言葉に、俺は苦笑いを返す。

「いろいろ事情があってね。アルワース賢爵の関係者というのは本当だよ」

「……ああ、それで……」

合点がいったという風に頷くベンウッドに、俺は小さな違和感を覚えた。

そこで納得できる要素などあっただろうか？

アルワース賢爵として俺が行なっている事業などないのだが……

「アルワース賢爵はヴィクトール国王陛下の『平等化計画』を進めていると聞いています。それで、僕を助けてくださったんですね」

「……ああ、そうなんだ」

そんな計画、聞いたことがない。

ヴィーチャめ、俺の知らないところでまた妙な政策をやっていたな……！

まったく。だが、俺の居心地が悪い原因がわかったぞ。

そんな政策を公表すれば、『ノーブルブラッド』も黙っちゃいないだろうさ。

「あっ」

突然、ベンウッドが取り乱したように自分の体をまさぐりはじめた。

「どうした？」

「ようやく買うことができた雪砂糖が……」

「そういえば、どうして雪砂糖を？　あの男の言葉が正しいと言うわけじゃないが、あんな高級砂糖……どうするつもりだったんだ？」

俺の問いに、ベンウッドは涙をにじませながら答える。

「病気の妹がいて……死ぬ前に雪砂糖の味を知りたいって……。でも僕は無力だ……☆1なせいで……妹の願いも叶えてやれない……！」

俺は泣きじゃくるベンウッドの背中を軽く叩き、ナナシをちらりと見る。

ナナシがうなだれるように小さく頷いたので、俺は少年に提案する。

「俺達の持っている雪砂糖を分けるよ。だから、そんな風に泣くのはよせ」

◆

「こちらです」

ユユ達と合流した俺達は、ベンウッドに案内され、街道から少し離れた場所にあるという彼の住む集落へと向かっていた。

雪砂糖だけ渡して帰してもよかったのだが、〝ぜひお礼をさせてください。きっと妹も喜ぶので〟と言うので、お邪魔させてもらうことにした。

「ウチの集落はあぶれ者ばかり集まった所で……小さいですが、ラクウェイン卿にお目こぼしをかけてもらって、なんとかやってます」

「そうなのか。こんな場所に村があったなんて、知らなかったな……」

街道から細い道を川に向かって進むと、簡素な柵《さく》で覆われた素朴《そぼく》な建物が見えてきた。

「元は放棄されたキャンプエリアでした。そこを中心に集落ができた感じです」

「素朴で良い村だ」

どことなく俺の故郷……東スレクトを思い出させる。

〝何もない〟があるというか、〝足りないこと〟が足りているというか。

都市部の喧騒を忘れさせる、のどかな雰囲気《ふんいき》が気に入った。

「何もない村ですが、歓迎させていただきます。アストル様」

「様付けはよせ。俺達は貴族じゃない」

「では、アストルさんとお呼びしますね」

俺の言葉に、ユユとミントが小さく噴き出す。

賢爵だなんだってのは、ヴィーチャの悪戯《いたずら》だ。俺が求めたわけじゃないぞ！

「あそこに見えるのが僕の家です」

そう少年が指さす家は、妹と二人で暮らすには些か大きい。

おそらく、その余った部屋はこの少年の親の部屋なのだろう。

この周辺は王都にそれなりに近い……瘴気《ミアズマ》の影響をもろにかぶったはずだ……

となると、彼の両親は『悪性変異《マリグナント》』に変じたか、耐えられずに死んだか、あるいは変じたそれらに殺されたかしたと思われる。

「おう、ベンウッド。町はどうだったね。その方達は、客人か？」

通りがかった鍬《くわ》を担《かつ》いだ男が、手を挙げて挨拶をしてくる。

しかし、その目には俺達を警戒するような色がにじんでいる。
☆を気にしないという特殊性から考えて、この村の住民はほとんどが☆1か2なのだろう。
虐《しいた》げられてきたが故《ゆえ》に、警戒心もあれば閉鎖的にもなる、と言ったところか。

「ああ、町で助けてもらったんだ。恩人さ」

「……町で？　何かあったのか？　いや、その傷……」

「ドジっちゃって。でも大丈夫、お二人が助けてくれたんだ」

「そりゃあ、ありがとうございます。何もないところですが、ゆっくりしていってくださいや」

ベンウッドの話を聞いた男が、すぐさま俺達に深々と頭を下げた。

それだけで、この村がどれほど寄り添いあって生活しているかがわかる。

「ええ、お邪魔します」

軽く会釈して、ベンウッドの家へと向かう。

質素ではあるが丈夫に組み上げられたらしい家は、補修が行き届いていて、むしろ味がある。

俺が東スレクトに移り住む前の家もこんな感じだった。

「帰ったよ、マーヤ」

「……お帰り、兄さん」

かすれたような小さい声が聞こえ、寝間着姿《ねまきすがた》の少女がよろよろと現れる。

「お客様？　やだ、私ったらこんな姿で、ごめんなさい」

顔を赤くして、壁に隠れる小さな人影。

「急にお邪魔しちゃってごめんね。アタシ、ミント。こっちは妹のユユ」

「ユユ、です。顔色、悪いね？　大丈夫？」

ミントとユユがにこりと笑いながら手を振る。

それにベンウッドの妹も小さく頭を下げて応えた。

「マーヤ、こちらはアストルさんと、ナナシさん。町でトラブルになった僕を助けてくれたんだ」

「……大丈夫なの？　兄さん」

トラブルと聞いて、隠れていた妹がおぼつかない足取りながらもベンウッドに歩み寄る。

瘦《や》せていて血色が悪い。ぱっと見ただけで、あまり良い状況でないのがわかる。

「大丈夫、最低限の傷の治療はしてもらったから。アストルさんは治癒《ちゆ》魔法使いなんだ」

「兄さん、回復魔法って高いんじゃ……」

回復魔法の施術料は、やや高騰《こうとう》している。

魔王事変で単純に魔法使いが減った影響もあるが、貴族や有力者達が保身と安全のために魔法使いを囲っているからだ。

「それは……」

「安心してくれ。金を取るほどのことはしていないよ。……ところで、妹さんの体調は大丈夫なのか？」

言葉に詰まるベンウッドの背中を軽く叩き、俺は話題を転じる。

「そうだよ、マーヤ。寝ていなくっちゃ」

「少し体調が良いの……ゴホッ」

言ったそばから咳込《せきこ》むマーヤをベンウッドが支える。

「ちょっと失礼」

一声かけて少女の顔を覗き込む。

顔はやや紅潮《こうちょう》しているが、唇はチアノーゼのような青みがあり、首から鎖骨《さこつ》にかけての肌は血色が悪い。呼吸は弱めで、やや喘鳴音《ぜんめいおん》があるものの、湿性音《しっせいおん》はない。

風邪によく似た症状だが、この魔力波動《いやな感じ》……

「この子……『障《さわ》り風邪《かぜ》』か？」

俺の問いに、ベンウッドが頷いた。

「……はい。もう半年以上になります」

『障り風邪』は、瘴気《ミアズマ》の引き起こす、魔力《マナ》と理力《オド》への干渉現象だ。

半年も患《わずら》っていれば、命にかかわる。

「食事はとっているか？　水分は？」

食事には、栄養以外にも魔力《マナ》を体に取り込む作用がある。

「少しずつ減ってしまって……。それで雪砂糖を……」

「わかった。まずは横になろうか。ユユ、少し手伝ってくれ」

「ん」

ベンウッドがマーヤを抱え上げる。

「部屋に戻るよ、マーヤ」

「うん」

そのまま俺達も一緒に、マーヤの部屋へと入る。

「ナナシ、部屋の環境調整を。魔力《マナ》濃い目にな」

「承った」

ナナシに部屋のことを任せて、俺は提げた魔法の鞄《マジックバッグ》から、『障り風邪』用の魔法薬《ポーション》と、いくつかの栄養剤を取り出す。

呆気《あっけ》にとられるベンウッドをよそに、ユユがマーヤにいくつかの付与魔法——健康増進用に作った魔法だ——をかけていく。

「ベンウッド。君の妹さんを助けるけど……構わないか？」

「待ってください、アストルさん。金がない、ないんだ！　この家にはもう銀貨すら残ってないんです」

「……なら、このまま受け入れるのか？」

俺の追い込むような質問に言葉を詰まらせたベンウッドが、一拍置いて……口を開いた。

「……奴隷として、俺を買ってくれませんか」

「兄さん！」

マーヤが悲痛な声を上げるが、ベンウッドは淡々と続ける。

「治るんですよね？」

「治せる。少なくとも今すぐ治療すれば、命は助かるし、助けた以上は後遺症が出ないように努力もする」

「……僕の命で足りますか？」

「どう考える？」

禅問答《ぜんもんどう》の如《ごと》き質問返しに、ベンウッドが呻くように答える。

「☆1の命一つでは……足りません」

「今はそうだな。これは先行投資だ。時が来たら、きっとアルワース賢爵の役に立ってくれると約束ができるか？」

「します。その時がくれば命でもなんでも差し出しますから……！　妹を助けてください！」

ベンウッドの本気がわかれば、それで充分だ。

最初から助けないなんて選択肢はない。

全ての人を助けるなど烏滸《おこ》がましい真似はできないが、こうやって関わった人を助けることに迷いなどないのだ。

「よし、じゃあマーヤさん、この瓶の薬を飲んで。『障り風邪』の原因となっているものを打ち消すための薬だ」

「……いただけません」

マーヤが泣きそうな目で、半ば俺を睨むようにして首を横に振る。

「私のために、兄が犠牲《ぎせい》になるなんてこと、あってはいけないんです。都会では☆1だなんだと言われますが、私にとってはたった一人の大切な家族なんです」

「わかっているさ。だから、君達を助ける。俺にも妹がいる……。うらやましいよ。俺の妹は、☆1の俺のことを〝神の敵〟だなんて呼んだからね」

今は違うが……あの時のショックはなかなかでかい。

だから、こうやって☆1の兄を庇《かば》うマーヤがとても好ましく思えた。

「マーヤ、僕はいいんだ。体を治して、元気になっておくれ。あんな風にアストルさんはおっしゃったけど、きっと何か考えがあってのことだ。同じ☆1同士、苦労はわかる……。アストルさんは僕に覚悟を問われたんだよ」

聡《さと》い少年だ。そこまで見透《みす》かされているとは。

きっと、苦労してきたんだろう……。それでも腐らず、拗《す》ねず、こうやってまっすぐな気性なのは、俺にユユがいたように、彼には大切なマーヤがいたからに違いない。

「でも、兄さんがいなくなったら、私……」

「おっと、勘違いしないでくれ。今すぐどうこうって話じゃない。何年も先の話になるだろうし、その時は二人でどういう形にするか決めてくれたらいい」

「いいんですか？」

「いいも何も、今の俺達は旅人だからね。君を連れていくわけにもいかない。だから、まずは治療を受けて、しっかり良くなってくれ。ベンウッド、ついでと言っちゃなんだが、あとで君も一緒に診察させてもらうからな」

ベンウッドの胸のあたりをちょいちょいとつつく。
☆1が故に症状が出ていないだけで、瘴気《ミアズマ》の影響は受けているかもしれないのだ。
「さぁ、治療を始めるぞ。薬を飲んで」

「はい」

マーヤはおずおずと魔法薬《ポーション》を口へと運ぶ。

流通価格は一本で金貨二枚。

安いとは言えない魔法薬《ポーション》だ。

さっきの魔法と、これから行う施術……都市にいる治癒魔法使いに頼めば、とんでもない値段になるだろう。

それがわかっているから、ベンウッドは命を渡すと言った。

……自分の命では価値が足りないとも言った。

だが、それは違うんだ、ベンウッド。

君は勘違いしている。命に値段なんて付けられやしない。

君の命に価値がないんじゃない。

全ての命には、金貨をいくら積んでも代えられない価値があるのだ。

魔法薬《ポーション》を飲み終えたマーヤが目を見開く。

「凄い、体が……楽になってく」

「油断は禁物《きんもつ》だ。まだ体内から原因を追い出しただけだからな。衰弱《すいじゃく》した体はすぐには治らない。

……魔力均衡《マナバランス》を整えて、栄養もしっかりとらないと」

俺は魔法の鞄《マジックバッグ》から『生命の秘薬《エリキシルオブライフ》』を取り出しそうになって、思いとどまる。

……さすがにこれはやりすぎか。

どうしたことか、俺は少し感情的になっているのかもしれない。
☆1の兄という立場のベンウッド、そしてその妹。
どうやっても、自分と重ねて見てしまう。

そんな姿を見かねてか、ユユが俺の鞄に手を突っ込んで魔法薬を並べる。

「右から順に、栄養剤、造血剤、それと魔力《マナ》回復促進薬。一日一回、一口ずつ飲んで、ね？」

「あの……これで治ったんですか、私？」

「完全じゃないけどね。原因となっていた瘴気《ミアズマ》……『毒』は体内から追い出した。あとは、しっかり栄養をとることが重要だ」

「はい……！」

俺の言葉を聞き、マーヤが顔を輝かせる。

「さて、ベンウッド。君も同じ物を飲んでもらう」

「僕はなんともありませんよ」

「俺達☆1はこの〝毒〟に強いから発症しにくいんだ。だが、発症したら重篤化《じゅうとくか》する場合だってある。用心しておくに越したことはない。アルワース賢爵を手伝うと言った以上、君にもしっかりと体調管理してもらうぞ」

そう言って、蓋を開けた魔法薬《ポーション》を押し付ける。この状態で渡せば、飲まざるを得ないだろう。

「……わかりました」

くいっと瓶を呷《あお》るベンウッドに軽く頷いて、俺は広げた薬品類を鞄へと収納していく。

これで、この二人は大丈夫だ。

『障り風邪』に悩まされている人はごまんといる。

こうやって一人二人治療したところで現状が変わらないこともわかっている。

こんなものはエゴだと、俺自身理解しているつもりだ。

（エゴで良いのでは？　吾輩は、件のエセ〝魔導師《マギ》〟よりもずっと人間的で好ましいと思うよ）

黙って部屋の空気清浄と温度管理をしていたナナシが、〝繋がり《リンク》〟を辿って俺に直接語り掛けてきた。

悪魔のくせに人を慮《おもんぱか》るなんて、人間臭くなったものだ。

「よし、これでもう大丈夫だ。俺に礼をするのはなしだぞ？　感謝の気持ちはヴィクトール陛下とアルワース賢爵に。ひとまず俺達は町に戻るよ」

「左様ですな。そろそろほとぼりが冷めた頃だろうし、いつまでも家に帰らないとグレイバルトが捜索隊《そうさくたい》を出しかねないからね」

それは困る。

トラブルを起こさないといった当日にトラブルに踏み込んだなんてバレたら、お説教されてしまう。

そんなことを考えていたら、ふわりと良い匂いが漂《ただよ》ってきた。

「ごはん、用意しておいたわよ？　いいわよね？」

部屋に顔を覗かせたミントが、ちらりとこちらを見る。

妻になってからの彼女は、ずいぶんと割り切りが良くなった。

以前は、俺とユユにしかできないことがあるのを気にしていたが、今は自分にできる仕事で俺を助けるという方向に舵《かじ》を切ったようだ。

「助かるよ。それじゃあ、ベンウッド。しっかり食べて、しっかり休むんだ。いいね？」

「何から何まで、申し訳ありません」

「気にするな、というのは難しいだろうけど……今は、まず自分のことを考えるんだ」

「……はい」

深々と頭を下げるベンウッドとその妹に軽く笑って返して、俺達は小さな集落を後にした。

空にはもう、星が瞬いていた。

◆

「……ってことがあってね、報告が遅れてすまない」

「いえ、事前に手の者から事情は伺っています。事情が事情です、問題はありません」

ラクウェイン領都《マルセル》の一画、下町に近い地域の宿屋兼酒場でグレイバルトと合流した俺は、事の次第をかいつまんで報告した。

「その兄妹には、なんと名乗られたのです？」

「アルワース賢爵の使用人、〝能無し〟アストルと名乗ったよ」

「アストルという名前に反応はなかったのですか？」

「特になかったかな。純朴《じゅんぼく》で典型的な田舎者《いなかもの》だったよ。俺達に関して疑いを持った様子はなかった」

「なるほど。念のため、部下を一人向かわせて、状況確認をさせます」

やはり隠密行動《おんみつこうどう》前提のこの旅で、勝手に誰かと接触したのはまずかったか。

反省するべきところだが、俺の心はどこかスッキリしていた。

「さて、アストルさん。今回の調査の目的となる『トゥルーマンズ』ですが、ガードが固くて接触が困難でした。あれは筋金入《すじがねい》りの反政府組織ですよ」

「筋金入り？」

「はい。普通ああいったゲリラ組織は、大きな組織の下部組織となって資金提供や命令を受けているものですが……その流れすら見当たりません」

魔王事変の際にリック達が組織した反抗組織《レジスタンス》も、離反した貴族達やザルデンの支援を受けて運営していた。

人間、生きていれば腹が減るし、戦えば怪我もする。

組織というのは維持するだけで金がかかるのだ。

「つまり、『トゥルーマンズ』はそれ単体で組織運営しているってことか？　モーディアと繋がっているとか……」

「モーディアの部隊を襲って略奪しているところを、部下が偶然に目撃しています。モーディアとも敵対していると見ていいでしょう」

目的と行動原理は一貫して『☆1の解放』ってわけか。

だが、それを掲げる以上……周囲は――いや、ほぼ全世界が敵だろう。

そして、実際にその理念の下に行動を起こした以上、各国は彼らを看過するわけにはいかない。

それは平等化政策とやらを進める、ここエルメリアでも変わらない。

実際に、大なり小なりの脅威《きょうい》を感じたからこそ、〝魔導師《マギ》〟の二つ名に反応した貴族達が俺をコントロール下に置こうとしたのだ。

……それが勘違いから来るものなのか、『トゥルーマンズ』の対立候補としてプロパガンダに使用するつもりなのかは不明だが。

「『トゥルーマンズ』の規模は？」

「掴《つか》んでいる限りでは、実働部隊は多くても十数人程度。後方サポートの人数や拠点は確認できていません。穿《うが》った見方をすれば、その十数人が全勢力である可能性もあります」

「文字通りのゲリラ部隊か……。しかし、それで本当に国や現状をひっくり返せると思っているのか……？」

少数精鋭《しょうすうせいえい》といえば聞こえは良い。だが、大規模な改革を行うにはあまりにも組織規模が小さい。

小規模故にゲリラ活動などを行うのだろうが……それでは単なるテロリストとして認識されるだけで、『☆1の解放』など果たせやしない。

もしかして、本当に頭が軽い連中なのだろうか？

「ううむ」

俺は唸りながら、目の前の芋料理をフォークでつつく。

その様子を見て、ワインを優雅に傾けていたナナシが、貼り付いた笑みを浮かべる。

「我が主《マスター》、人の考えなどそうわかるものではないよ。特に今回はイレギュラーすぎるからね」

「うーん。なぁ、グレイバルト」

「なんでしょう？」

「『トゥルーマンズ』の存在は、一般市民にどれくらい知られているんだ？」

単なるゲリラ活動だけではテロリストとしての悪名が広がるだけだ。

『☆1の解放』を掲げて行動しているなら、それなりに☆1の人間に対してのアプローチがあってしかるべきだろう。

たとえば、適当に小規模な町へ出向いて☆1を勧誘したり、奴隷商人（エルメリアでは違法だが）を捕まえて☆1を救出したり、といった行動があるはずである。

そして、そんな目立つことをすれば、噂になるものだ。

だが、つい最近まで、それがグレイバルト達のような情報筋ですら掴めていなかった。

「市民が知ったのはごく最近です。大々的に喧伝《けんでん》していましたからね」

グレイバルトが懐《ふところ》から、一枚の紙を取り出す。

ギルドの依頼書や、犯罪者の手配書などに使う安価な紙のポスターに書かれているのは――〝☆1を解放せよ。お前達は思い知り、思い出し、再確認することになる〟などという文字。

ご丁寧に、『〝魔導師《マギ》〟ロータス』と、サインまで入っている。

「手描きじゃないな。魔法印刷か？」

「詳細不明ですが、そのようです。周辺の印刷所をあたりましたが、ハズレでした」

「やっぱり拠点があるんだろうな……。あるいは、支持している都市があるとか」

自分で口に出しておいて、その考察は甘いと自嘲《じちょう》する。

そんな場所があれば、行ってみたいものだ。

「彼らの目撃範囲は広く、行動は散発的です。神出鬼没という言葉がまさにぴったりですよ。拠点中心に活動している、というわけではなさそうです」

「最後に目撃されたのは？」

「ラクウェイン領の東端、ベンシーという町です。☆1解放を訴えて、警備の衛兵と衝突し……勝利。略奪を行なったようです」

「理由があったら襲っていいって話じゃないんだぞ……まったく」

無軌道無計画な上、思慮が足りない。

これでベンシーの町に☆1がいたとして、その者達が『トゥルーマンズ』に保護されていなければ……矛先《ほこさき》は☆1に向かうだろう。その場合、彼らはもう生きていない可能性が高い。

「うまく遭遇《そうぐう》できればいいんだが」

「できるように罠を張るのはどうかね、アストル君」

俺達のテーブルに酒瓶を置いてどかりと腰を下ろした男が、整えられた髭《ひげ》を撫でつける。

「！　ラクウェイン侯しゃ……むぐ」

「おっと、こんな下町界隈ではジェンキンスさん、と呼んでもらおうか？」

俺の口を骨付きの鶏モモ肉で塞《ふさ》いだラクウェイン侯爵が、ニヤリと笑う。

「どうかね、ジューシーかつスパイシーだろ？　この店の料理はどれもこれも美味《うま》いんだ」

「どうしてここが？」

「私とて、君を監視する人間の一人さ。それで、『トゥルーマンズ』に合流するつもりかね？　ん
ん？」

「まさか！」

鶏肉を呑み込んだ俺は、薄い果実酒を呷って否定する。

「俺の二つ名を使って好き勝手やっている連中の顔を拝みに来たんですよ」

「だろうね。君に対する挑発とも言えるが……。さて、君にはエルメリアに来てくれるなと手紙を
送っていたはずだが？」

俺はぐっと詰まる。

こうも簡単に見つかってしまうとは、予想外だった。

「ま、私は助かるがね。ちょうど良いタイミングで来てくれた。彼らをおびき寄せる妙案があるん
だが……乗るかね？」

「案ですか？」

「ああ、お互いに得する話さ」

ラクウェイン侯爵は持ってきた酒瓶のコルクを、ナイフで器用に抜く。

ポン、と小気味いい音がして、芳醇《ほうじゅん》な香りがふわりと周囲に溢れる。

「まずは、再会に乾杯といいこうじゃないか。ベンシー河の蜂蜜酒《ベンシーリバーミード》の十年ものだ」

爽やかな甘さの蜂蜜酒《ミード》を味わいながら、ラクウェイン侯爵の悪だくみについて尋ねる。

「それで、案とは？」

「『障り風邪』の薬を作るのを手伝ってほしい。ようやく準備が整ったんだが、大量生産には指揮する人間が必要だ。あれは、君が調合元だろう？　大量生産に適したレシピを思いつくんじゃないかと思ってね」

確かに、ラクウェイン領都《マルセル》の魔法薬《ポーション》生産ラインが使えるなら、それに適した大量生産用の調合方式はある。

魔石がたくさん必要になるが、ラクウェイン侯爵のことだ、それも織り込み済みだろう。

「郊外にな、新しい魔法薬《ポーション》工場を一棟造った。そこを『障り風邪』の特効薬工場と知らせて、彼らに襲わせるというのはどうかね？」

どうかね……などと、とんでもないことを言う人だ。

「『トゥルーマンズ』に必要なのは、わかりやすい大義名分と、デカいヤマだ。私は侯爵だし、ラクウェイン家は旧い貴族だから、彼らにとって敵対するにちょうどいい。……さらに今回の件は、誤解を誘発させやすい」

「どういう？」

「『障り風邪』が重篤化しやすいのは子供と老人、それに☆4や☆5だ。ほんの少し情報を絞って、こう言ってやればいい。〝特効薬は☆4と☆5を優先に提供する〟とな。瘴気《ミアズマ》の影響を受けやすい子供や老人に提供するのは当たり前だから、別に口に出さなくてもいいだろう」

それを情報屋や『草』を使って市井《しせい》に拡散させ、『トゥルーマンズ』の耳に入るように仕向けてやればいい。

そうすれば、ちょっとばかり視野の狭い彼らは〝☆1には提供しないつもりか〟と勘違いをするだろう。

そして、次にこう考えるはずだ。

その薬を奪ってやろう、と。

彼らの基本スタンスは略奪による組織の維持だ。山賊や野盗と変わりはしない。

今不足している『障り風邪』の特効薬は高く売れる商品ではあるし、持っていれば『障り風邪』で困っている貴族や商人に対しても優位に立ち回れる。

さらにそれを、☆1や提供を制限されている一般市民に提供すれば、協力者を得ることもできるし、自分達の善性をアピールできる。

そして、王議会にも席を持つラクウェイン侯爵を出し抜いたとなれば、当然目立つ。

自分達の主張を拡散するセンセーショナルな事件としては最高だろう。

うん……彼らにとっては、実に甘い餌《えさ》だな。

「しかし、リスクが高くないですか？　相手は中規模の町の衛兵を退《しりぞ》けるほどですよ」

「わざわざ戦闘する必要はないだろう。実際の生産は別の工場でやればいいし、なんなら囮の工場に実物を何ケースか運んでおいてもいいしな。それと、重要な要素はまだある」

「なんです？」

「──〝魔導師《マギ》〟がその手伝いをしたという事実だよ。向こうも〝魔導師《マギ》〟を名乗っている以上、これは挑発になるんじゃないかな」

なるほど。

向こうが〝魔導師《マギ》〟を名乗って俺を挑発しているなら、この魔法薬《ポーション》の生産計画に俺が関わっていると公表することで、逆に挑発もできるか。

何せ、彼らにとっては、汚い貴族の☆1排斥運動に、本物の〝魔導師《マギ》〟が関わっていると映るはずだからな。

「……ジェンキンス様、それだとアストルさんが実際に薬品を作る必要はないのでは？」

「バレたか。だが、力を貸してほしいのは事実なんだ」

グラスを傾けながらラクウェイン侯爵がニカリと笑う。

相変わらず食えない人だ。

「構わないですよ。『障り風邪』の撲滅《ぼくめつ》は急務ですし」

これから冷える日が続けば、感冒《かんぼう》を併発して命を落とす者が増える。去年もそうだった。

俺にできたのは、顔見知りの『障り風邪』罹患者《りかんしゃ》にこっそりと魔法薬《ポーション》を配るくらいだ。

手に届く範囲の者を選別して、見知らぬ誰かは見殺しにした……そうなじられても仕方がない。

ラクウェイン侯爵の保有する工場や工房で、魔法薬《ポーション》を大量生産できるなら、今年は死亡者を減らすことができる。

このラクウェイン領都《マルセル》の薬品生産能力は極めて高い。

今から生産して流通に乗せれば、かなりの数の人間を救えるはずだ。

「頼めるかね。君のあの薬、解析してみたが、ちょっと難解すぎてね」

「まあ、あれって薄めた『灰《アッシュ》』が原料ですからね……」

瘴気《ミアズマ》を分解し、『悪性変異《マリグナント》』すら滅する攻撃用の魔法薬《ポーション》である『灰《アッシュ》』の製法は、伝えはしたものの、生産するとなるとなかなか難しい。

少しばかり繊細《せんさい》な魔法式の調整がいるので、スキルに頼りっぱなしで勉強不足な錬金術師では、なかなか成功しないのだ。

逆に、ちゃんと研究と研鑽《けんさん》を積み重ねている学園都市《ウェルス》の錬金術師であれば、およそ誰に頼んでも作れるのだが。

「まずは『灰《アッシュ》』の生産から始めましょう。確か、もの凄く大きなフラスコ、ありましたよね？

あれで一気に」

「あの劇薬をかね⁉　君はやることがダイナミックだな……」

せっかく施設があるのだから、ちまちまと作っていても仕方ないと思うんだけど。

「ところで、アストル君。彼は？」

話が一区切りしたところで、ラクウェイン侯爵がグレイバルトに目を向けた。

「自己紹介が遅れました。グレイバルトと申します。今年からアストル先生の『塔』の生徒になります」

「新しい助手かね。……で、彼はどのあたりが異常なんだね？」

なんという失礼な質問だろうか。

「グレイバルトは生徒という形をとっていますが、俺の友人ですよ。いろいろと世情に詳しいので、世間知らずの俺は助かっています」

少しぼやかしたが、高等文書でも使う言い回しだ。

ラクウェイン侯爵であれば、これで理解してくれるはず。

「なるほどね。いろいろと教えてもらうといい。グレイバルト君といったね？　君は噂話なんかにも詳しいのかね？」

「はい。そうですね……たとえば最近の噂ですと、ラクウェイン侯爵閣下は昨年の奥様の誕生日には瑪瑙《めのう》の髪飾りを贈ったとか。奥様は鷹《たか》の意匠がお好きなんですかね」

ピクリとラクウェイン侯爵のポーカーフェイスが一瞬だけ崩れる。

「……そんな噂、聞いたことがないな」

「有名な話です」

妙に湿気た視線をかわす二人をよそに、俺はナナシのグラスに蜂蜜酒《ミード》を注いでやる。

それをいたく気に入ったらしい悪魔は、いそいそと俺のグラスにも継ぎ足して、黙ったままグラスをこつりと当てる。

そして、ラクウェイン侯爵の持ってきた鶏モモ肉を頬張った。

食べている時は無口なのだ。

「それで、今日はどうするかね？　屋敷に来るかね？」

睨み合いが終わったらしいラクウェイン侯爵が、俺に向き直る。

「俺がラクウェ……ジェンキンスさんのお屋敷に行くのは、いろいろとマズいのでは？」

「下手に宿を取るよりは安全だと思うが。どうせ明日には迎えを出すことになるし、そう変わらないと思うがね」

確かに、☆1であると露見して騒ぎになるリスクもあるし、匿《かくま》ってくれるならその方が良いかもしれない。

「グレイバルト君も来たまえ。情報の共有が必要だからな」

「同感です。上流界隈の情報は貴重ですからね……。アストル先生、ここはお誘いを受けるべきかと。奥様方には報せを走らせます」

「わかった。では、お世話になります。ジェンキンスさん」

そう返事をしてから二時間後。

下町の酒場の料理を心ゆくまで堪能した俺達は、ラクウェイン侯爵の馬車でその屋敷へと向かった。

◆

「……急げ、材料が全然足りないぞ！」

「冒険者ギルドに言って魔石をもっと準備させろ！　これじゃあラインが止まっちまう！」

「この資材はどこに置けばいいんだ!?」

俺も一度見学に来たことがあるラクウェイン領都《マルセル》最大の魔法薬《ポーション》工房、『ジェイムズ&ジェインズ』は、かつてない修羅場を迎えていた。

内外の錬金術師や作業員が大工房内を走り回り、指定された物品を運んだり、チェックしたりするのに大忙しである。

これもそれも、どこぞの鼻持ちならない魔法使いがいきなり現れて、超大型フラスコで、通常の仕様ではない方法で魔法薬を作ると言い出したからだ。

……そう、俺のせいだ。

大変申し訳ない気持ちでいっぱいだが、ラクウェイン侯爵に任された以上、全力を尽くさねばならない。

「アストル先生、買い付けの前交渉はしておきました。資材は午後までに全て到着すると思います。他に手伝うことはありますか？」

「休んでいてもらって大丈夫だ。ここからは俺とナナシでやるから」

汗一つかいていないグレイバルトが、涼《すず》しい顔で注文リストを俺に返してくれた。

どの資材をどの商店でいくらで買い付けたか詳細にメモされていて、わかりやすい。

彼は商売人としてもやっていけそうだ。

「しかし、よくこれだけのものをこの短時間で……」

「ラクウェイン侯爵閣下がある程度声をかけていたこともありますし、必要なものがここに集まるように誘導もしていたみたいです。侯爵閣下はやり手ですね」

確かにラクウェイン侯爵はその辺りの管理をしっかりとやる人だ。

俺に依頼するにあたって、言葉通り、準備は整っていたのだろう。

「しかし、かなりの大事《おおごと》になりましたね」

「なに、良い経験になると思う。資金があったら、俺も塔に巨大フラスコが欲しいな……」

目の前の巨大フラスコ……これそのものが魔法道具《アーティファクト》である。

この大きさでありながら、魔法薬《ポーション》生成を補助する貴重な魔法道具《アーティファクト》であり……出土品でもある。

似たような物は造れるかもしれないが、これと全く同じ性能の巨大フラスコを造るのは、おそらく不可能だと思う。

続々と運び込まれる資材を目の端で追いながら、俺は魔法式とレシピを思考する。

いつものように小規模な工房で、全て自分一人で作るわけではない。

これだけの規模になれば、各工程をそれぞれの錬金術師なり作業員に割り振らねばならないし、その工程に見合った実力を持つ人間を選ぶ必要がある。

すでにある程度目星はつけているが……問題は、俺が彼らにとって得体の知れない魔法使いで、☆1だということだ。

ラクウェイン侯爵領は、侯爵本人とエインズの意向もあって、比較的☆差別は少なくなってきている。とはいえ、これまでの慣習はそう簡単に変えられるわけではない。

「ナナシ、分身とかできないのか」

「〈影分身《ブリンクシャドウ》〉の魔法なら使えるが、そういう意味ではないね？」

「ユユも、がんばるから」

冗談めかして答えるナナシの隣で、ユユが健気《けなげ》に頷いた。

「荷運びなんかはアタシに任せてよね！」

「必要なことがあればなんなりと」

ミントとグレイバルトの気持ちは嬉しいが、工程の多くは錬金術師かあるいは魔法使いの助けが必要だ。

魔力が必要な工程が多分に含まれる上に、量がとにかく多い。

ナナシやユユの助けがあっても、一筋縄《ひとすじなわ》ではいかない。

「試運転の準備ができました、お客人」

工房長であるジェインズが歩いてくる。

俺はナナシと共に進み出て応える。

「わかりました。まずは俺と彼が、一工程ずつ、錬金方式や魔法式の説明を行います。皆さんには眠たい話かもしれませんけれど、侯爵閣下からのお達しですので」

「わかっていますが、無茶しないでくださいよ」

釘を刺されてしまった。

仕方あるまい、この場において俺は外様《とざま》も外様だ。

「それじゃあ、行こうか」

「では、私は邪魔が入らぬよう、工房周囲の警戒にあたります」

「アタシも。アストル達は調合に集中してね」

瞬く間に工房関係者のような姿に変装したグレイバルトが、帽子の位置を調整しながら工房の出口に向かって歩いていく。なんという早業《はやわざ》だろうか。

その後をミントが意気揚々《いきようよう》と歩いていった。

彼女はもはや英雄と言っても差し支えないレベルの魔法剣士だ。万が一襲撃があっても、易々とは突破を許すまい。

「よし、始めよう」

二人を見送って、俺は巨大フラスコとそれを繋ぐ器具類の前まで進んだ。

「まずは『灰《アッシュ》』の作製だけど、効能さえあれば別に濃度は必要ないな」

「そうだね。薄めて使うものだから、最初から薄くてもいい。そちらの方が希釈《きしゃく》の手間が省けていいだろうね」

手順を軽くナナシと確認し、第一次中間素材の合成へと着手する。

続いて、それと魔石の粉末とをガラスの器で混合し、魔法薬《ポーション》作成ではよく使う魔法精製水をざぶざぶと注ぎ込んでいく。

……さすがラクウェイン領都《マルセル》。

どれも質の良い素材だ。馴染《なじ》むのがとても早い。

「ここまでは大丈夫ですか？」

俺は、周囲を取り囲むようにして見つめている錬金術師達をちらりと振り返る。

こんなものは基本中の基本だ。エルメリアの魔法薬《ポーション》製作本拠地であるラクウェイン領都《マルセル》の錬金術師に尋ねるなんて、失礼だろうとは思う。

「……一ついいか？」

挙手が見えたので、小さく頷いて促す。

「この『中間素材A』と魔石の混合率については書類に記載があるが、今量っていなかったよな？　精製水もだが」

「あ……」

しくじった。錬金術師や作業員に説明する以上、マニュアルに則った作業を行うべきだったのに、うっかりいつも通りにやってしまった。

「申し訳ありません。秤《はかり》を使っていませんでしたね……。皆さんがこの作業をする場合は、秤を使用して、適切に混合してください」

「どういうことか説明していただきたい。そんな目分量で魔法薬《ポーション》など作れるものか！　レシピ通りの正確な分量でなくては、正しい合成とは言えないぞ！」

質問者が言った通り、魔法薬《ポーション》の製作はなかなかに繊細な作業だ。

製作者が少し神経質なくらいの方が良い物ができる。

……きっと彼は腕の良い錬金術師なのだろう。

「なんだ……まさか君にはできないのか？　合成で変化していく素材の魔法式と魔力波動で、適切な混合かどうかなんてわかるだろう？　素材の質や周囲の環境魔力《マナ》にもよって適切な分量なんて毎回少しずつ変化するのに、レシピ通りにしかできないのかい？」

ナナシがわざわざ怪訝な顔を作って、錬金術師に質問する。

お前、わかってやっているだろう……。悪魔だからって、些か性格が悪いぞ。

「……そ、そんな真似が、できるってのか？　冗談だろ？」

「吾輩達にとってはごく普通のことだよ。だが……失礼した、と謝罪しておこう。ほら、我が主《マスター》、秤をここに置いておくよ」

〈引き寄せ《アポート》〉を無詠唱で使用したナナシが、別の机の上にあった高級そうな秤を俺の前にトンと置く。

「……説明を続けますね」

ナナシ、お前は後で説教だからな。

気を取り直して、各工程をマニュアルに沿って丁寧に説明していく。

魔法薬《ポーション》の作製は半ば感覚でやっていることもあったので、気を付けて説明しなければならなかった。

特に、形成される魔法式の改竄《かいざん》や、魔力付与による不安定要素の排除などは、説明しても多くの錬金術師は理解できないようだった。

俺にできて、ユユにもできることなのだから、マルセル最高峰の錬金術師達であれば容易だと思っていたが……ま、無理なものは仕方あるまい。

今回は俺とユユ、それにナナシで分担して行う。

最終的に工房を稼働させる際には別の方法が必要だが、今は取り急ぎ原材料となる『灰《アッシュ》』を用意せねばならない。

「……ここまでで質問や意見がある方は？」

いくつか手が挙がる。

その内の一人、眼鏡《めがね》をかけた女性に頷いて発言を促す。

「『最終素材A』ですが、真銀管循環器《ミスリル》で魔力《マナ》を保存した方が良いのでは？」

循環器は液体素材の経時的変質や魔力《マナ》拡散を防ぐために使用する大型の機器で、大規模な魔法薬《ポーション》合成ではよく使用されるが……俺は使ったことがなかった。

変質するほど大量に素材を準備する機会はなかったし、変質しても調合の際に魔法式で辻褄《つじつま》を合わせてしまえばよかったからだ。

だが、今回は指摘のあった通りだ。

さすがは薬剤製造の本場、マルセルの錬金術師だ。

「確かにそうですね。こういった大型の機器や高度な専門器具を使用しての調合には慣れていないので、助かります。他にも指摘があればどんどんお願いします」

眼鏡の女性にぺこりと頭を下げると、それを皮切りに錬金術師達が魔法道具《アーティファクト》をいくつか抱えて持ってくる。

「最終合成の際の分量はこの『ペミラルテ秤量器《しょうりょうき》』を使うのはどうか。数的誤差がなくなる」

「『中間素材D』工程の際には、こっちの『振動分離板《しんどうぶんりばん》』を使いましょう。あなた以外の人間がやると粗が出るかもしれない」

「『ペンネ蒸留器《じょうりゅうき》』はもう少し大型のを使いましょうか。工程のスムーズさが上がるはずです」

名前が挙がったのは、どれもこれも個人工房ではなかなかお目にかかれない専門器具だ。

俺の工程表では、これらの器具は使用されていない。

あるかどうかもわからなかったし、使用許可が下りるかも不明だった。

巨大フラスコにつなげるためだけのシンプルさを追求した工程表だったが、専門家達の意見は大きな助けになりそうだ。

だいたい、『ペミラルテ秤量器』だと？

手軽に片手でぶら下げているけど、それ、小さな家が一軒建つくらいの高価な器具だろう？

「助言をください。合成過程を加速できれば、それだけ助かる命があります」

俺の言葉を受けてか、集まった錬金術師達が机に工程表を広げて議論を始めた。

次々にペンで朱《あか》が入り、そのたびに俺が触《さわ》ったことがない高価な専門器具が増えていく。

そして最後にはジェインズが〝おい、あっちも奥から出してこい。一気にやるぞ〟と、何か指示して……結果的に工房内にもう一つ巨大フラスコが出現した。

「こ、これ……」

「ラクウェイン侯爵閣下から口止めされていましたけどね、全部で三基あるんです」

驚く俺に、ジェインズが口角を釣り上げる。

「こいつらを流動パイプで繋げて、次の工程も一気にやってしまいましょう。ざっとでいいんで、レシピと工程を書き足してください。設備の設置は私らでやります」

ユユと二人、顔を見合わせる。

そんな俺達を見て、ナナシが愉快げに目を細めた。

この悪魔……これを予見して挑発したな？

「ナナシ、お前って奴は……！」

「さて、なんのことかね？　我が主《マスター》が知らない道具で目を白黒させるのは愉快だなんて、思っていないよ？」

「もう、ナナシ。アストルを、いじめないで」

ナナシとユユとそんな風に囁《ささや》き合っていると、ジェインズが耳を指さしてまたしても笑う。

どうやら工房長は地獄耳らしい。

「お客人となら良い仕事ができると思った、それだけですよ。ああ、やっと信じられる。侯爵閣下とエインズ様がよく話してる噂の〝魔導師《マギ》〟って、あなたでしょう？」

ざわっと周囲がどよめく。

声がデカすぎるんだよ、工房長。

「あー……うん、実はそうなんだ」

「ラクウェイン侯爵閣下も人が悪い。俺達の恩人をそ知らぬふりで送り込んでくるんだから」

その言葉に、周囲から小さな笑いが漏れる。

肯定的で好意的な雰囲気の中、工房長が右手を差し出してくる。

「改めて……。この工房、『ジェイムズ&ジェインズ』で工房長をしている、ジェインズ・マドックです。あなたの作る魔法薬《ポーション》には、いつも驚かされてばかりだ」

「アストルです。表向きは〝能無し〟アストル、と」

手を握《にぎ》り返して、名乗る。

ここまで〝お客人〟や〝魔法使いさん〟と呼ばれていて、名乗るタイミングがなかった。
☆1であるが故に、それも仕方がないと諦めていたが……ようやく機会を得られた。
「〝能無し〟ときましたか。もっとらしい二つ名なんて、いっぱいあるでしょうに」

「よく言われます。でも、これがしっくり来てしまうんですよ。☆1なものでね」

お互いに苦笑いを交える。

「では、今この瞬間からこの工房内では〝神秘者《ミスティック》〟を名乗るといいですよ。きっと誰も文句を言いませんよ」

「ハハハ、名誉なことだね。我が主《マスター》」

いやいや……〝神秘者《ミスティック》〟なんて二つ名、絶対に名乗れるものか!

魔法使いの最優が〝魔導師《マギ》〟であるなら、〝神秘者《ミスティック》〟は錬金術師や薬学者の最高峰に与えられるような二つ名だ。

秘術秘奥《ひじゅつひおう》に到達したような生粋《きっすい》の錬金術師……それこそ、鉄を黄金に変えるような力を使う者こそが相応《ふさわ》しい。

俺がそれを名乗るなんて、いくらなんでも驕《おご》りが過ぎるというものだ。

「勘弁してくださいよ、工房長」

「錬金術師……特に医療に携《たずさ》わるような者にとって、実績となるのは救った人間の数です。それを考えれば、充分資格があると思いますがね」

「それなら、やはり俺はまだまだですよ」

俺の不甲斐《ふがい》なさが、もしかするとロータス――〝魔導師《マギ》〟を名乗るような人間を生み出してしまったのかもしれない。

そう考えると、とてもじゃないが〝神秘者《ミスティック》〟なんて名乗れやしない。

悩む俺の肩に手を載せ、心底面白いものを見たという顔をちらつかせながら、ナナシが嗤う。

悪い笑顔だ……何かろくでもないことを言い出すぞ。

「諸君、ここから〝準神秘者《セミ・ミスティック》〟アストルの腕の見せ所だ！　なに、心配することはない。配下の吾輩だって優秀なんだ……さっと伝説を作り上げてしまおう！　我が主《マスター》の伝説の始まりに立ち会おうじゃないか！」

ナナシの言葉に、工房内がどっと沸く。

やれやれ……やっぱり、ろくでもないことになった。

この悪魔には本当に、後で説教が必要だな。

◆

俺が工程を書き足し、それを見た錬金術師達が装置を最適化していく。

不明な点にはすぐに質問があがり、俺も含めて綿密なディスカッションが行われた。

結果……午前を丸々潰すことになったが、実験機としてはなかなか挑戦的なものが出来上がった。

予定通りに動けば最終工程まで一気に行えて、大量の『障り風邪』の特効薬を製造することができるはずだ。

「まさか、こんな方法があるなんて……」

俺の感嘆《かんたん》に、ジェインズは満足げに微笑んだ。

「魔法式の最適化……？　は、私らには無理ですが、素材能力の均質化と維持なら、ここの道具でできますんで。これで魔石さえあれば、監視だけで昼夜を問わずにほぼ自動で薬を作れます」

「凄いですね……！　驚きです」

俺は素直に感動していた。

素材品質にブレが出るなら、そもそも素材をブレないように調整すればいいし、合成ムラが出るなら量的均衡をとってそれを極限まで減らせばいい。実に技術的な思考……俺ではとてもそこに辿り着けなかった。

さすがはマルセルの錬金術師だ。

大量生産するにあたって、俺やナナシがここにずっと張り付いているわけにはいかないし、魔法式の扱い方を一朝一夕で獲得しろと言うのも無理な話だ。

個人ではなく組織として問題を解決していく、状況を改善していくというのは、俺にはない発想だったので、とても勉強になった。

「うちの錬金術師もたいしたもんでしょ？」

「感服しました、本当に。自分がなんて強引な薬品作りをしていたか、思い知りましたよ。こんな解決方法があるなんて、考えもしなかった」

「伊達《だて》に国からの無茶な要請に応えてきたわけじゃありませんよ。今回はアストルさんがいてくれたんで、スムーズでしたけどね。……さぁ、合成を開始しましょう」

準備ができたとこちらに手を振る眼鏡の女性錬金術師に頷いて、ジェインズが俺を装置の前に促す。

「初期動作は〝神秘者《ミスティック》〟にやってもらう。いいな？」

工房長ジェインズの言葉に、周囲の誰もが大きく頷いた。

まだその恐ろしい二つ名を俺につけようとしているのかと、心がざわつく。

今まさに、マルセルの錬金術師の凄さを目の当たりにしたところなのに、〝神秘者《ミスティック》〟などと呼ばれると、背中がむず痒《がゆ》くなってしまう。

……ともかく、動作不良や問題箇所もあるかもしれない。

いざとなれば、魔法式の改竄ができる俺が初動確認をするのは、正しいことだろう。

「いきます」

俺は最初に装置──『中間素材A』の混合すら自動化されている──に手を触《ふ》れて、魔石にほんの少し魔力を注ぐ。

「──〝起動《チェック》〟」

キーワードを感知して、装置が静かに動き出した。

材料供給から混合、撹拌《かくはん》、注入……全てが自動化されている。

気が付かなかったが、途中から魔道具師や絡繰師《からくりし》まで交じって、完全自動化《フルオートメーション》を実現したらしい。

俺の描いた工程が、人の手に触れることもなく、そして誤りもなく進んでいく。

そして、一時間後。

一番端に据え付けられた巨大フラスコの中には、薄いオレンジ色の『障り風邪』用魔法薬《ポーション》が溜まりはじめていた。

「成功だ……！　お疲れさん！」

固唾《かたず》を呑んで見守っていた俺達の沈黙を、ジェインズが威勢のいい声で破った。

それを皮切りに、歓声が工房内を満たす。

皆の声を聞き、俺もようやく肩の力を抜いた。

「……ほっとした。これで今年の冬は死者が少なくなりそうだ」

「そのようだね。吾輩としては、この結果に少し懐《なつ》かしさを覚えるよ」

「何か記憶が戻ったか？」

「さぁ、どうだろうね」

人の顔のままで笑みを貼り付けたナナシだが、〝繋がり《リンク》〟から、複雑な感情が漏れ出てきている。

きっと頭蓋が揺れていることは想像に難くない。

「さすが〝神秘者《ミスティック》〟だな！」

「ああ、凄いな！　どこのどいつだ、☆1は無能だなんて言ったのは」

――なんて言葉が聞こえてくるが、これは完全に否定したい。

俺がやったことなんて、せいぜいレシピを考えて、それを工程へと落とし込んだだけだ。この成果をもたらしたのは、工房の錬金術師をはじめとする職人達に他ならない。

「凄いのは皆さんですよ。これは、俺じゃあ、とてもとても……」

「アストルさんの合成レシピがしっかりしているから、自動化だってできたんですよ！　各工程の自動化が可能なレベルに作業が分かれていましたし……それに、詳しかった。各工程にちゃんと理由が説明されていたので、私達はそれにあった道具を探してこられたんです」

ちょこちょことよく動く眼鏡の女性錬金術師が、俺の手を取って激しく振る。

この若さでこの工房にいるということは、彼女が相当に優秀な錬金術師であると物語っている。

「いや、役に立って良かったよ。本当」

作った工程表兼レシピは、俺がいなくても再現できるように少しばかり細かく記載しておいた。

どうやらそれが功《こう》を奏《そう》したようだ。

「よし、お前ら。夜勤以外は帰っていいぞ。ご苦労だった。……それと、これで一杯やって来い！ほどほどにな」

ジェインズ工房長が皆に金色に光る硬貨を一枚見せてから、副長的な動きをしていた壮年の錬金術師に投げ渡す。

さすがに『ジェイムズ&ジェインズ』ともなると、打ち上げの金額も違うな。

「よかったら、アストルさんも……」

「いや、俺はもう少しここでコレを見ていていいかな？　こんな大掛かりで複雑な魔法薬《ポーション》製造装置、今まで見たことがない……！」

俺の言葉に、周囲が明るい笑いに包まれる。

「〝神秘者《ミスティック》〟がお仕事見学に来た子供みたいだ」

「いや、わかるぜ。オレだって、初めてここに来た時は驚いたもんだ」

「こんな大掛かりなのは、珍しいですからね」

最初はどうなるかと思ったが、すっかり俺はここの錬金術師達が好きになっていた。

彼らはどことなく、学園都市《ウェルス》の賢人達に似ている。

……いや、変人達と一緒にするのは失礼だと思うが。

自分の知識と技術にこだわりと誇りを持っていて、それを惜しまない。

賢人は真理のためにぶっ飛んだことをするが、ここの錬金術師達は人のためにぶっ飛んだことをする連中だ。

そして〝じくじった〟と、俺は思い知った。

相談こそしていたが、最初からヴィーチャとラクウェイン侯爵に頭を下げて、力を乞うて、この人達の手を借りることができていれば……

昨年、『障り風邪』を原因として命を落とす者はもっと少なかったはずだ。

そんな俺の思いを察して、ユユが声をかけてくれた。

「後悔は、何も生まないよ……アストル」

「わかっているさ。それでも、自分の失敗だと心に刻みつけないといけないんだよ」

「ん。ユユも、そうする」

少し気落ちした顔でフラスコを見上げる俺に何かを感じ取ったのか、ジェインズが俺の肩を軽く叩く。

「これは偉業です。そんな顔は似合いませんよ。これから助かる人達のことだけを考えましょう」

そう笑う工房長の言葉に、俺は思わず泣きそうになる。

なんとか涙をこらえた俺は、小さく〝ええ〟とだけ返事をした。

◆

「準備は整ったようだね」

「はい」

工場での出来事から三日たった朝……ラクウェイン侯爵自慢の来賓室《らいひんしつ》に迎えられた俺は、侯爵の確認の言葉に頷いて返した。

『障り風邪』の治療魔法薬は、『ジェイムズ&ジェインズ』の大工房を二十四時間フル稼働させて、かなりの量を作ることに成功している。

いつもと工程などがやや異なったが、罹患者に使用した結果、効能も問題ないと確認された。

すでに『障り風邪』の罹患者が多い中央地域の各所に向けて、提供する準備が着々と進んでいるところだ。

「工房長には計画のことを話していたんですね」

「ああ。彼もこのラクウェイン《マルセル》領都を支える上層部会の一人だからな。町で商をする以上、必要なところに話は通してある」

相変わらずのやり手だ。

「こちらもグレイバルトに頼んで軽く情報を流してあります」

「ああ、酒場で君のことについて錬金術師が大騒ぎしていたから、こちらも情報操作が楽で助かったよ」

ジェインズ工房長が副長に向けて投げ渡した一枚の金貨。

あれが『トゥルーマンズ』に向けて放たれた第一手であったことに、俺は気が付いていなかった。

重要な仕事を成《な》し遂《と》げたその日の夜……ラクウェイン侯爵直下の工房に在籍する錬金術師が酒場で大騒ぎしていれば、それは広く市井にも知れ渡るだろう。

その内容についてもだ。

今、ラクウェイン領都《マルセル》は、〝魔導師《マギ》〟の支援を受けて『障り風邪』の特効薬を大量生産することに成功した……という噂で持ち切りになっている。

潜伏しているであろう、『トゥルーマンズ』に情報提供を行なっている者にも、その噂はきっと伝わっているはずだ。

「追加で情報を流しておいた。郊外の新工房に製造用の魔法道具《アーティファクト》を運び込む、とな」

「仕事が早いですね」

「腰の重い貴族は廃《すた》れるのみさ」

顎髭をいじくりながら、ラクウェイン侯爵がにやっと笑う。

「あとは起爆剤となるキーワードを広めるだけ。そう、私の口からな」

「――☆4、☆5を優先する……って、アレですか」

「準備もしたし、餌もつけた。池に針を投げ込んでもいいかね？」

「必ず釣れるとは限らないでしょう？」

「なに、良いポイントでは、狙った獲物がかかるものさ」

ラクウェイン侯爵の準備ができていると言うなら、俺としてはそれを止める理由はない。

そもそも、彼らに接触することが第一の目的なわけだから。

「では、始めましょう」

俺の言葉に、ラクウェイン侯爵がパチンと指を鳴らすと、背後に控《ひか》えていた家令《かれい》のオジェさんが、小さく会釈して扉から出ていった。

これで、もう後戻りはできない。

「ところで、『トゥルーマンズ』に接触してどうするつもりなのだね？　ずいぶんとはぐらかされたが、そろそろ聞かせてもらってもいいだろう？」

「どうって話じゃないんですよ。何がしたいのか直接聞きたいと思いましてね。特にロータスという人物は、〝魔導師《マギ》〟を名乗っています。この二つ名にこだわりがあるわけじゃないんですが、現状……俺の〝看板〟ではあるんですよ」

「……なるほど。あくまで自分や家族を守るためか」

「有り体に言うとそうなります。実際、そのせいでエルメリアの貴族からは召喚を受ける羽目になっているわけですしね」
☆1に興味のない、そして俺と直接面識のない旧貴族達にとって、二つ名の後ろにつく本来の名前など、どうでもいいことなのだ。
彼らにとって重要なのは、ヴィクトール王や新世代達の協力者である、〝魔導師《マギ》〟が反乱じみた行動を起こしているという点のみである。

それすらも本来は捨ておくべきことだ。

『高貴なる者』は☆1になんて関わってはいられない。彼らがしなくてはならないのは、己《おの》が勢力を増して、リセットされた王国内で力を取り戻すことなのだから。

だが、〝魔導師《マギ》〟というネームバリューはそれなりに魅力《みりょく》がある。

真偽はともかくとして、その魔法使いは魔王討伐に協力し、いくつもの小迷宮《レッサーダンジョン》を攻略し、新世代にも顔が広い。

身柄《みがら》を押さえておけば、王を含めた新世代に対する良い牽制《けんせい》になるし、本当に有能ならば使い潰せばいい……『ノーブルブラッド』の重鎮達は、そんな風に楽観的に捉えているのだ。

見ている景色が高すぎて、足を掬《すく》われかねないということが理解できていない。

〈転倒《スネア》〉でも仕掛けてやりたくなる愚かさである。

「ロータスに接触して、彼がどんな人物なのか見極めたいんです。本当に☆1の解放を目指すのであれば、今のやり方ではダメです」

「……君ならばどうする？」

「どうもしませんよ」

ラクウェイン侯爵が意外そうな顔をする。

そんなに意外性のある返答だったろうか？

「俺には可愛《かわい》い妻が二人いて、次代を担う生徒が数人います。それに、心からくつろげる温かな住処《すみか》があり、興味が尽きない環境で研究する仕事があり、冒険者として俺を頼ってくれる仲間がいます。……これ以上、どうしようっていうんです？」

「……他の☆1を救おうとは？」

ラクウェイン侯爵の言葉に、俺は少し考えて口を開く。

「……個人として手の届く範囲であれば。それこそ、それは王を筆頭にした『高貴なる者』の仕事でしょう？」

「耳が痛いな」

「俺は少しばかり魔法が得意で、賢人という肩書を持った、ただの一市民にすら届かない☆1でしかありませんよ。☆1全ての命運なんて、重くて背負えやしませんせん」

——だから。

だから俺は、〝魔導師《マギ》〟ロータスにそれを問いたいのだ。

俺が持つ『不利命運《ディスアドバンテージ》』の性質からくるものもあるだろうが、俺は自分に向けられるこうした期待から目を逸らしている。

それは自覚している。

今の俺であれば……多くの☆1を救うことができるかもしれない。

そこそこ金もあるし、王に具申《ぐしん》できるような立場もある。貴族の知り合いだって、☆1にしては多いだろう。

だが、全ての☆1の期待に応えられるか？

答えは〝否《いな》〟だ。

そしてそれに押し潰されて、家族を危険に晒《さら》すことはできない。

俺が知らず知らずに調子に乗って目立った結果、どうなった？

ユユとミントを危険に晒してしまったではないか。

「自分の腕の中にあるものを守るので精一杯ですよ。同じ☆1と言ったって、顔も知らない誰かの人生を守れると思うほど驕っちゃいません」

「君らしい答えだ。そうとも、それでいい……。全ての責任は貴族がとるさ。だが『アルワース賢爵』、君もいずれそういった表舞台に立つことになるかもしれないぞ？」

「そうならないように、〝魔導師《マギ》〟ロータスに釘を刺しに行くんですよ」

彼の行動が俺のものだと見られれば、俺が余計なリスクを背負うことになってしまう。

まったくもって、いい迷惑だ。

「では、私も準備するか」

「侯爵……？」

「まさか君達だけで行かせるわけないだろう。状況によっては『トゥルーマンズ』と一戦交えることになるかもしれないからな。いやぁ……一度は君と肩を並べて戦ってみたいと思っていたんだ」

……戦うつもり、ないんですけどね。

◆

「……来たようだよ」

新工房のそばにある小屋で身を潜めること、しばらく。

ナナシの感知魔法に誰かが引っかかったらしい。

このタイミングなら、まぁ、間違いないだろう。

「早いな」

釣餌を放り込んでからたったの二日。

このスピードで行動してくるなんて、やはり連中は少しばかり頭が足りないんじゃないだろうか？

……いや、罠でも踏み越えるという前向きな意思表示なのかもしれないが。

「では、遭遇《エンカウント》と洒落込《しゃれこ》もうか」

「侯爵閣下、魔物《モンスター》ではないんですから……」

前のめりなラクウェイン侯爵を諫めるが、物騒《ぶっそう》なことを言うのがもう一人。

「賊なんて、魔物《モンスター》と変わんないわ。状況によっては首を落とすわよ？」

「できるだけ、殺さないように、ね？」

愛剣『白雪の君《サーメッティア》』を担ぎ上げたミントが、小さく殺気を漏らす。

その隣では、ユユが杖を握り締めていた。

「相手はテロリストだ。下手をすればそれよりも性質《たち》が悪いかもしれない。情けは無用だ」

「〝魔導師《マギ》〟を名乗る程度には手練《てだ》れなのだろう。気を付けたまえよ？」

ナナシの軽口を聞き流しながら、俺はラクウェイン侯爵と共に待機していた小屋を出る。

「侵入者は感知できる範囲では四人。こんなお粗末な魔法に引っかかるところを見ると、隠れる気はないようだけどね」

「警備が騒いでいない。突破されたか？」

ナナシの言葉に、ラクウェイン侯爵が首を傾げた。

大した警備を置いていないとはいえ、こうも軽々と突破されるのは想定外だった。

俺は身体強化の魔法をバラまきながら、工房に向かって駆ける。

張り込み用に建てた小屋から新工房までは、走れば五分もかからない。

その間に、侵入者が薬品を詰め込んで脱出するのはまず無理だろう。

薬品を収納した箱にもちゃんと俺謹製《きんせい》の防衛を仕掛けてあるからな。

「……うわっと……！　罠か！」

近づく工房内から、些か不用心な大声が聞こえた。

彼らには、自分達が不法侵入しているという自覚があるのだろうか……

「ロータス、足音だ！　誰か来る」

「モンド、イビーはそのまま罠の解除と薬の確保を。コルネは僕と一緒に足止めに出るぞ！」

声が大きいので、情報が駄々漏《だだも》れだ。

まさか、発見されたケースを想定しての連携訓練もしていないのか？

おかげで、いくつか魔法が準備できてしまった。

工房から飛び出してきた影二つに、即座に〈麻痺Ⅱ《パラライズ》〉を発射する。

そのタイミングに合わせて、ナナシも〈拘束Ⅱ《ホールド》〉を放つ。

出てきたうちの一人は魔法の拘束によって身動きが取れなくなり、〝へぶッ〟と謎の呻き声を上げて転倒したが、一人は俺達の魔法を抵抗《レジスト》した。

それに少しばかり驚いたのは、俺だけでなくナナシもだった。

☆1の俺はともかく、ナナシが放つ魔法の強制力はそれなりのものだ。あれに抵抗《レジスト》するのは、なかなかに難しい。
「何者だ！」

魔法を抵抗《レジスト》してみせた青年がこちらに叫《さけ》ぶ。

それはこちらの台詞《せりふ》だと、思わずずっこけそうになる。

本当に、頭がどうにかしているのかもしれない。

「名を尋ねる時は自分からと習わなかったかね？」

「悪党に名乗る名前はない！」

ラクウェイン侯爵の問いに対して、青年は毅然《きぜん》とした物言いで腰の細剣を抜く。

しなやかにまとめたこげ茶の長髪に、青い目。精悍《せいかん》というよりも端整《たんせい》と言ったほうがいい顔立ち
……ルックスだと、完全に俺の負けだな。

「では、私から名乗ろう。私は――」

「知っている。ラクウェイン侯爵だろう？」

侯爵の名乗りまで邪魔するとは、なかなかに無粋《ぶすい》で非礼な奴だ。

とはいえ、ラクウェイン侯爵がそのくらいで冷静さを揺らさないことなど、よく知っているが。

「……では、こちらの彼はどうかな？」

ラクウェイン侯爵が俺を顎で示すと、青年は驚きの表情を浮かべた。

「……あなたは……!?」

俺には知らぬ顔だが、向こうはこちらを知っているようだ。

「まさか、本当だったなんて。☆1であるあなたが、何故……！」

「勝手に話を進めないでくれ。俺は君を知らない」

「……！」

俺の言葉に少しショックを受けた様子の青年が、少し逡巡《しゅんじゅん》してから口を開く。

「ロータス。――〝魔導師《マギ》〟ロータス」

「どうしてその二つ名を？　悪いけど、風評被害が凄いので、余所《よそ》で名乗らないでくれないかな？」

俺の言葉に対しての返答はなく、ただ鋭《するど》い視線のみが向けられる。

俺が一体何をしたっていうんだ。

「☆1であって、その枠に収まらないということを最初に示してくれたのが、〝魔導師《マギ》〟アストル……あなただった。僕らの希望だった。でもあなたは、間違ったこの世界と腐った貴族に与《くみ》している！」

「大前提から間違っている。俺は何も示しちゃいないよ」

俺の言葉に、再度ショックを受けたような顔をするロータス。

「この世界だって捨てたもんじゃないし、全部の貴族が腐っているなんて、そんな了見《りょうけん》の狭い話があるものか」

「では、その男が出した声明はどうなんです⁉　☆4と☆5に特効薬を優先するなんて！　腐った貴族主義、☆至上主義そのものじゃないですか！」

そう捉えるようにミスリードを誘発させたが、こうも考えなしにそのまま受け取るとは。

若いと言うべきか、それとも無知と言うべきか。

「君、『障り風邪』について理解はしているのか？　あれは瘴気《ミアズマ》による体の適応障害だ。特性的に重篤化するのが、☆の高い者だということがわかっている。こと医療では重症の者から治療するのが基本だ」

俺の言葉に、ロータスはポカンとした顔をする。

「……で、ここの薬を奪ってどうするつもりなんだ？」

「適正な価格で市場に流します。これまでは薬は高すぎて貴族達が独占していましたから」

「その適正価格は誰が決めるんだ？」

「そ、それは……僕達が決める！」

バカげている。そして愚かすぎる。

「あれっぽっちの薬を市場へ流したところで、一部の薬屋が儲《もう》かるだけだぞ？　待っている病人の薬を略奪して得た金で食う飯は美味《うま》いのか？」

「……あなたは！　一体誰の味方なんですッ⁉」

突然激昂《げっこう》したように声を荒らげるロータス。

「今、この瞬間にも、世界中で☆1は奪われ、虐げられているんですよ？」

「そうだな」

俺の短い返答が気に障ったらしい。

ロータスはさらに目つきを険《けわ》しくして、握った細剣を構え直す。

「失望しました。あなたは〝魔導師《マギ》〟などではない……ッ！」

「構わないさ。俺は〝能無し〟アストル──それでいい」

勝手に何かを期待されても困る。たかが☆1のしがない魔法使いに、何を望んでいるんだ。

「あなたを倒し、僕が真の〝魔導師《マギ》〟となる！」

「冒険者ギルドできちんと申請を通せよ」

無詠唱で放たれた〈魔法の矢《エネルギーボルト》〉を避けつつ、俺は【反響魔法《エコラリア》】で撃ち返す。

……が、ロータスはそれを手で弾き落とした。

その瞬間に、ぞわりと瘴気《ミアズマ》の気配が漂った。

この魔法防御力の高さ……『カーツ』の『執行者《しっこうしゃ》』に似ている。

「……ナナシ」

「ああ、ほぼ間違いないね」

やはり『トゥルーマンズ』に与する高能力な☆1達は、『穢結石《インピュアリティ》』か、それに類する瘴気《ミアズマ》の影響を受けているようだ。

「それよりも気を付けるべきだね……無詠唱を使う魔法使いとの本当の戦闘は初めてだろう？」

「そういえば……。模擬戦で慣れたつもりになるのはよくないな」

ナナシの忠告を受け、俺は腰に提げていた魔法の小剣《オーティア》を抜いて、構える。

頭の方は少し残念かもしれないが、戦闘力を低く見積もれるような甘い相手ではない。

「侯爵、下がっていてください」

「では、彼を足止めしてくれたまえ。工房へ行って残りの賊を止めてくる。本当に薬をくれてやるわけにはいかんし……。どうも彼ら、工房自体を破壊して逃走しそうだ」

言わんとすることはわかる。

せっかくの薬の強奪を許すわけにはいかないし、破壊されるのも困る。

国内には薬を待つ者がたくさんいるのだ。

「無理はしないでくださいよ……！」

「アタシがついてく！　任せておいて！」

駆ける侯爵の後を、ミントが追う。

当然……ロータスが魔法を使って阻止しようとしたが、ナナシとユユの魔法がそれを阻《はば》む障壁を発生させた。

「僕達の邪魔をしないでください！」

こちらに振り向きざま、ロータスが〈魔法の矢《エネルギーボルト》〉を放つ。

それが戦いの合図となった。

「僕が、僕が本当の〝魔導師《マギ》〟になって……☆1を、救ってみせるんだ！」

「〝魔導師《マギ》〟がまるで☆1の代表みたいに言うのはやめてくれないか」

初手は〈魔法の矢《エネルギーボルト》〉の撃ち合いになった。

【反響魔法《エコラリア》】がある分だけ手数は俺の方が多いが、瘴気《ミアズマ》による魔力《マナ》耐性のせいで、当てても抵抗《レジスト》される。

ナナシとユユは工房に被害が出ないよう、流れ弾を魔法の障壁で防いでくれるが、大規模な魔法が使えないせいで、やや分が悪い。

「あなたには『力』がある！　どうしてそれを同胞のために使おうとしないんです！」

「そんな無責任な責任を俺に押し付けないでくれ」

少しの溜めの後で放たれたのは、〈電光の矢《ライトニングボルト》〉だ。

しかも、二連射。

何か来ると踏んでいたので、一発は〈輝きの障壁《ティンクルバリア》〉で弾いたが、もう一発は回避しそこなって、俺の左腕をかすめた。

熱さと痺《しび》れ、その後に痛みが脳へと上がってくる。

「アストル！」

「大丈夫だ、ユユ。問題ないよ」

魔法戦で先手を取られることが今まで少なかったので、油断したか？

いや、今のは相手《ロータス》の意外性が、俺の想像を超えただけだな。

「……疾《はや》いな」

「なかなかにデキるようだね、あの男」

ナナシが回復魔法を俺に掛けながら囁いた。

「今からでも遅くありません。僕達と共に、☆1解放を目指しましょう。☆1こそが、このレムシリアの真なる住民なのですから」

「自信満々に言うじゃないか、誰から聞いた与太話《よたばなし》だ？」

魔法の小剣《オーティア》を握り直し、ロータスに尋ねる。
☆1が『古代《こだい》アーナム人』や『レムシリアン』と呼ばれていたことは、俺と俺の周囲に人間しか知り得ない。
それこそ、ヴィーチャやリックにだって話していない情報を、彼が知っている可能性は低い。

故に与太話だとは言ってみたが……『真なる住民』という言い方に引っかかりを感じる。

「……信じられないでしょうが、僕は生まれ変わりです。アーナムの記憶を継ぐ、レムシリアンです。もっとも、記憶が戻ったのは最近ですし、全て思い出したわけではありませんが」

「……生まれ変わり？」

別の疑問と興味が湧き上がる。

これまで、生まれ変わりをしたという人間がいなかったわけではない。

ユニークスキルで【生まれ変わり《リボーン》】という、そのものずばりな能力を持つ者もいるし、それに類する『先天能力《インヒーレント》』を持つ者もいるだろうことは、研究でわかっている。

しかし、それはごく短期間のうちに行われるか、特殊な条件下でしか起こり得ないということもまた、研究でわかっている。

たとえば、黒の派閥《はばつ》に在籍するある賢人は、そういった能力を有している。彼の場合は近くに自分の血族の妊婦がいること、そして自分の死をその妊婦に認識させることが条件であるらしい。

……ちなみに彼は、母親となる自分の娘の前で一度自刃《じじん》している。

狂った賢人集団の中でも一際《ひときわ》輝く狂気を放つ黒の派閥随一《ずいいち》の賢人、それがラブトーイ博士だ。

「……余計なことを考えている暇はなさそうだよ、我が主《マスター》」

「一瞬、彼とラブトーイ博士が重なって見えてな」

「さすがにそれはあの青年に失礼だと思うがね」

ロータスは黙ったままだが、何か魔法を形成しているのだろう。

撃ち合ってみてわかったが、なるほど……〝魔導師《マギ》〟を名乗ろうってだけのことはある。

「アストルさん。どうしてあなたは……アーナムの民の如き力を持ちながら、他のレムシリアンを助けなかったんです？」

「俺にそんな余裕はなかったよ」

「――嘘《うそ》だッ！」

絶叫じみた声と共に、〈火球《ファイアボール》〉が放たれる。

迫るそれをユユが〈雲散霧消《ディサペイト》〉で消し去った。

そんな見え見えの魔法を通すものか。俺の妻は手練れの冒険者で、魔法使いなんだぞ。

「何……!?」

「反撃をさせてもらうッ」

その隙をついて、俺は黙唱《サイレントキャスト》で準備しておいた、〈石の雨《ストーンレイン》〉を発動する。

たとえ魔法防御が高くても、物理現象を発生させるこの魔法であれば、ダメージを与えることができるだろう。

まだ『悪性変異《マリグナント》』になったわけではないので、『執行者』のような強靭《きょうじん》な肉体は持っていないはずだ。

「う……ッ」

土砂降りの雨のように小石が降り注ぎ、ロータスを打ち据える……が、備えはしていたらしい。

低レベルの〈矢避けの加護《ミサイルプロテクション》〉か何かが、小石を弾き飛ばした。

しかし、これで攻撃が終わるわけではない。

ポーションホルダーから『凍結瓶《フリーズカクテル》』を取り出して、〈必中瓶《ポーションスロー》〉で投げ込む。

〈矢避けの加護《ミサイルプロテクション》〉に瓶そのものは阻まれるが……石をも弾く強度の魔法の壁に当たれば、瓶は割れる。

結果、中身の凍結エキスがロータスへと飛散することとなった。

「ぐッ！」

凍った場所を庇いながらも、ロータスはこちらに向かって〈魔法の矢《エネルギーボルト》〉を放って牽制する。

「これだけの、これだけのことができるなら……もっとたくさん救えたでしょう！」

「いつだって、できることはした！」

「いいえ、あなたは☆1でない人をいつも優先しました！　今だってそうです。僕達を虐げてきた☆4や☆5の人間なんて、死んだって構うものか！　あなたはこの薬の作り方を秘匿しておくべきだった！　☆1のために……☆1の解放のためにこれを使うべきだった！」

ぞわり、と気配が這《は》い上《あ》がってくる。

瘴気《ミアズマ》の力を増幅させたな？

「☆1、☆1と……！　☆1だけのことばかりで周りが見えていないぞ、ロータス！」

「あなたが☆1を見ていないだけです！」

瘴気《ミアズマ》の気配を増したロータスが、細剣を手に距離を詰めてくる。

案の定、事前に仕掛けた〈転倒《スネア》〉は突破されてしまった。

「世界を正しい認識へと変えねばなりません。☆1こそがレムシリアン――この世界の本流であると！　今まで僕達を虐げてきた者達に、思い知らせねばならないんです！」

踏み込みは速い……が、〝刺突剣《タック》〟ビスコンティほどではない。

魔法の小剣《オーティア》のスキルサポートもあって、俺はそれを危なげなくいなす。

「お前達のやっていることはただのゲリラ活動で、テロ活動だよ。まったくもって一点の共感すら得ることもできない、独りよがりな……ただの暴力だ。目を覚ませ。瘴気《ミアズマ》で得た力で世界をどうこうしようなんて、やっていることが魔王と同じだ」

鋭く振られる細剣を、魔法の小剣《オーティア》と魔法のマントで弾き返しながら、俺は説得を続ける。
☆1が理不尽《りふじん》な目に遭っていることも、ひどく不遇な立場にあることも充分に理解している。
……俺だって、かつては絶望に沈んだ『☆1』なのだから。

剣と剣、魔法と魔法を交える。

いくら撃ち合ってもわかり合えない……そんな気がする。

「さすが……〝魔導師《マギ》〟」

「お前に褒められたって、ちっとも嬉しくないな……！」

ロータスは確かに強い。

これだけやれれば、少人数で衛兵を相手取って制圧することもできるかもしれない。

「本当に、うらやましく、妬《ねた》ましく、憎たらしい。あなたほどの力があれば、僕がこうして動き出す前に、もっと☆1を救うことができたはずだ！」

「勘違いをしてくれるなよ、ロータス。何故俺が、☆1というだけで赤の他人を救わねばならないんだ？」

俺の言葉に、ロータスは少しぽかんとした顔をする。

もしかして、それが当然だと思っていたのか？

「俺は活動家ではないし、革命家でもない。ただの冒険者の一人にすぎない」

「あなたにならそれができたでしょう⁉」

「さあ、どうかな？　できたと仮定して……それが俺になんの益《えき》をもたらす？」

「益？　そんな自己中心的な！」

ロータスから放たれた魔法の熱線を、〈幽障壁《ガイストウォール》〉の魔法で捻《ね》じ曲《ま》げて逸らす。

ここまでやってきてわかったが、ロータスの使える魔法は多く、無詠唱や黙唱《サイレントキャスト》、発動待機《ストック》すら使いこなす。しかしその一方で、練度が低い。

できるからやっているというだけで、魔法の勉強や技術の研鑽はどうにもおざなりのようだ。

魔法式や技法の使い方が画一的すぎて、慣れれば対処は難しくない。

「☆1の世界を……居場所を取り返し、愚か者達に思い知らせる。それ以上に必要なことなんてないでしょう⁉」

「あるね！　それに、居場所は自分で得るものだろう。☆1でも☆5でもそれは変わらない」

発動待機《ストック》と【反響魔法《エコラリア》】を織り交ぜて、いくつかの魔法を変則的に放つ。

どれも低ランクの魔法なので牽制程度にしかならないが、物理的なダメージを伴《ともな》うものもある。

魔法抵抗力が高いからといって、無視はできないはずだ。

「本当の〝魔導師《マギ》〟が……こんな、エゴにまみれた人間だったなんて」

「一体俺をなんだと思っていたんだ？」

思わず、ため息が漏れる。

悪い大人達が、アストルという名前こそ伏せていたものの、俺の噂を面白半分に広めていたのは薄々知っていた。

おそらく、俺の地位向上や待遇改善を図るためのプロモーションの一環だったろうことも理解できる。

それを耳にして、自分だって……と考える☆1がいたかもしれないことだってわかる。

だが……それを誰かの肩に背負わせるのは、些か見当違いではないか。

「〝魔導師《マギ》〟に救いを求める声に、僕は立ち上がったんだ！」

「知らないようだから教えてやる……〝魔導師《マギ》〟は、あるしがない☆1冒険者の二つ名だ。いいか？　冒険者ってのはな、依頼を受けて仕事をこなす職業であって、無償のボランティアを提供する聖人じゃない」

「そんなことが理由になるものですかッ！」

そう吐き捨て、ロータスは魔法を牽制に飛び込んでくる。

これも一本化されたパターンだ。

バカの一つ覚えとはよく言ったもので、まるで若いドワーフのような直進だ。

なまじこれまで戦えてきただけに、自分の戦闘行動を振り返り、評価する機会に恵まれなかったのかもしれない。

俺は練り込んでいた気《オーラ》を体に満たす。

殺す気は毛頭ないが、そろそろ俺も時間が惜しくなってきた。

このまま話していたところで、平行線を辿るだけなのは目に見えている。

「……ふっ！」

踏み込み、気《オーラ》と共に拳《こぶし》をまっすぐに繰り出す。

ロータスの勢いも利用して、その拳を腹部へと撃ち込む。

「……ガハッァ！」

つま先が軽く浮き上がったロータスの服の襟《えり》を掴んで、腰に乗せるように体重を移動させ……勢いがついたところで手を放した。

当然、ロータスは勢いよく放り出されて空を舞い、地面に強《したた》かに打ち付けられる。

「吾輩、魔法使いが徒手空拳《としゅくうけん》で戦闘する場面などないと思っていたんだけどね」

苦笑気味のナナシに、肩を竦《すく》めて応える。

「なんでもやっておくものだろう？」

武器も魔法も使えない場面に備えて鍛《きた》えたのが、この体術だ。

俺が近接戦闘の――それも、武器も使えない状況の想定をする必要があるのかどうかはさておき……こうやって役に立っているのだから、文句はあるまい。

誰も想定していないということは、敵にとっても想定外なのだから。

「あぐ……がは……！」

話すこともできず、地面をのたうち回るロータスに向かって、一本の魔法薬《ポーション》を〈必中瓶《ポーションスロー》〉で投げ込む。

腹に当たって割れた瓶の中身が、ロータスを濡らす。

「あ……？　あああああああああッ!!」

一瞬の停止の後、ロータスが絶叫を上げながら痙攣《けいれん》する。

それを見て、ユユが駆け寄ってくる。

「アストル、殺しちゃう、の？」

「そんなえげつない真似するもんか。これは薬の原料だよ……希釈した『灰《アッシュ》』」

『悪性変異《マリグナント》』の瘴気《ミアズマ》を分離・消滅させて、存在そのものを滅する『灰《アッシュ》』。

それは☆1の変異体である『悪性変異兵《マリグナントソルジャー》』にも一定の効果があった。

しかし、直接それを使うとロータスを殺してしまう可能性があったので、今回使用したのは『障り風邪』の原料サンプルとして用意していた希釈液の方だ。

この希釈液にしたって、瘴気《ミアズマ》で変異した植物や動物には有効な手段となるし、倒すまでには至らないが、『悪性変異《マリグナント》』に対する攻撃手段としても使える。

では、変異していない瘴気保持者《ミアズマサファー》にこれを使えばどうなるか……

結果はわからないので、見守るしかない。

ロータスが苦しそうに呻く。

「な、何をしたん、です……」

「荒療治だよ」

これで瘴気《ミアズマ》が抜けるならよし、そうでなければ……最悪、彼にトドメを刺すことになるだろう。

お互いの理念や信念の不一致はともかくとしても、瘴気《ミアズマ》を利用した力を揮《ふる》っている以上、俺にとっては魔王やモーディアと変わらない。

〝☆1の真なる解放〟とやらに『穢結石《インピュアリティ》』などを使われたら、たまったものじゃないし、それこそ、☆1が孤立する理由になってしまう。

今、ほんの少しずつだが、☆に対する研究成果が花開いているところなのだ。

レンジュウロウをはじめとする学園都市《ウェルス》の賢人達がその秘密を解き明かし、魔王シリクの謀略《ぼうりゃく》と誤った歴史を打ち崩そうとしているこの時に……余計な茶々を入れられるわけにはいかない。

全身から黒っぽい湯気を上げながら、ロータスが立ち上がろうとする。

「なんだ、なんだこれ……僕から、力が……？」

ロータスは動揺したように、自分の体を見る。

あの口ぶりだと、臨床試験は成功だな。

そう気を抜いた瞬間のことだった。

「……！　我が主《マスター》！」

ナナシが叫んだのと同時に、衝撃波が俺を襲った。

「ぐ、ぁ……ッ！」

せり上がってきた血の塊《かたまり》を、口から吐き出す。

膝をつこうにも、体が地面に転がったままでは、そうすることができなかった。

痛みが全身を苛《さいな》むが、これを受けたのがユユでなくてよかったと、少しばかり安堵《あんど》する。

どこかしら内臓が傷ついているだろう、息をするのもつらい。

これは、おそらく致命傷だ……早急な治療が必要だな。

「何が起こった……？」

「アストル、喋《しゃべ》っちゃ、だめ。怪我が、ひどい」

「奥方、我が主《マスター》を頼むよ」

駆け寄ってくるユユの前に、本来の姿になったナナシが立ち上がった。

そんな二人を見ながら、ロータスから次なる攻撃が飛んでくるかもしれないと、周囲を警戒する。

大量の血液と一緒に理力《オド》が流れ出すのを感じる。

これは、腹に風穴を開けられたか？

などと冷静に考えていると……突然、ロータスのそばに小さな人影が現れた。

「あら、まだ生きてるのね？　とっても頑丈ね？」

「何者だ……！」

その影はひどく小さい。

少女の姿をしているが、放たれる気味の悪い圧迫感は、俺に脅威を感じさせるに充分だった。

少女はひらひらとしたゴシック調のドレスをはためかせ、その口角をにんまりと上げる。

「妾《わらわ》の名を問うの？　あなたが？」

底知れぬ不気味さを放つ少女が、宙に浮いたままこちらを睥睨《へいげい》している。

「ナナシ」

「下がっていたまえ。アレはマズい。姿もできるだけ見るべきではない」

俺は体を起こそうとするが、ナナシがそれを制止した。

「まったく、なんてことをしてくれたのかしら。これじゃあ、台無しだわ？」

月明かりに照らされた少女が、地面に伏しているロータスの頬を撫でる。その表情はどこか慈愛を含んでいるように思えたが、放たれる気配はひどく暗い。

「……ナナシ」

「まずは治癒を。関わり合いになるべき相手ではない」

両手に魔法式を展開したナナシが、普段とは違う切迫した様子で俺の前に出る。

ユユの魔法による治癒痛に耐えつつ、俺はなんとか体勢を整える。

しかし、問題は……先ほどの攻撃が全く感知できなかったことだ。

超遠距離からの投擲《とうてき》？

いや、それなら〈矢避けの加護《ミサイルプロテクション》〉が幾分《いくぶん》かは防いでくれたはずだ。

では、魔法か？

俺やロータスの他にも、攻撃魔法を無詠唱で放てる手合いがいた……と考えるべきか。さりとて、この威力の攻撃魔法を無詠唱でとなると、見たこともないが。

「……立てるかな、我が主《マスター》」

「ああ。助かった。それで？　あの不気味な女はなんだ……？」

ナナシはあれに心当たりがある、と俺は感じた。

俺が攻撃を受ける直前に、確かにナナシは反応していたのだ。

「確信はない。だけど、吾輩の推測が確かなら、あれは――」

「あら、男同士で囁き合うのは、淑女《レディ》に失礼じゃないかしら？」

ロータスのそばにいたはずの少女が、いつの間にか俺達のすぐ目の前で唇を弧《こ》に歪めていた。

ぞっとした気配に、思わずユユを抱いて後退る。

「うふふ。とっても良い反応だわ。骨のあなたは、妾を知っているのかしら？　それとも、私を識《し》っているのかしら」

「……君からはひどい臭いがするよ」

ナナシが少し挑発じみた言葉を投げる。しかし、そこにはいつもの道化じみた余裕は感じられない。

あの魔王との戦いの最中ですら、どこか飄々《ひょうひょう》としていたナナシが、これほどまでに警戒するなんて、尋常《じんじょう》ではない。

「うふふ。とても良い芳香《フレグランス》でしょう？」

「死と退廃の混ざった……まるで腐臭だよ。『不死者の王《ノーライフキング》』」

ナナシの言葉に、喪服《もふく》の少女が笑みを浮かべる。

その口は三日月のように細く、薄く、広がって伸び上がり……両眼《まなこ》は心底嬉しそうに歪んでいた。

「嬉しいわ。妾のことを知るヒトがいるなんて。それに免じて名乗りましょう……」

彼女は清廉《せいれん》で無垢《むく》な少女のように、喪服のスカートをつまんでみせる。

その貼り付いた薄ら笑いと放たれる雰囲気は、どす黒く……吐き気を催すような邪悪なものだが。

「妾は――『ペルセポネ』。覚えておいてね、忘れてもいいけど」

名前を聞いた瞬間、背筋《せすじ》が凍り付くような不快感に襲われ、恐怖で膝が震《ふる》えるのがわかった。

敵を前にしてこんな風に竦むなんて、あってはならない。……だが、理性でそれをコントロールするのは非常に困難だった。

本質的で原始的な恐怖が、俺の体と心を強張《こわば》らせていた。

まるで、命を素手で掴まれているような不快感と焦燥感《しょうそうかん》を、拭《ぬぐ》うことができない。

そしてそれは、俺が抱きかかえているユユも同じようだった。

「あら、可愛いのね。震えちゃって、二人とも、とっても可愛いわ。縮こまって……まるで追い詰められた子ウサギのよう。首を捻って遊ぼうかしら？　それとも手足をもいで遊ぼうかしら？」

「どちらもさせはしない。我が主《マスター》と奥方に触れさせはしないともッ」

ナナシが魔力《マナ》を集束させていく。

「あら怖い。でも、とても滑稽《こっけい》ね！　人形のくせに、そうやってヒトの真似事をするのはよくないわ」

怖気《おぞけ》のする気配を漂わせて、ペルセポネが殺気に似た何かを全身から発する。

殺気というよりも、純粋で無邪気な殺意に近いかもしれない。

生きていることこそが不自然……そう言わんばかりの圧迫感が、彼女の周囲に広がっていく。

(我が主《マスター》、吾輩が足止めをする。この場は逃げの一手だ。奥方と共に離脱を)

(バカ言うな！　ミントもいるし、ラクウェイン侯爵だっているんだぞ)

文句の一つでもつけてやろうと、ペルセポネに向き合ったその瞬間、心臓を掴まれたような違和感と、息苦しさを覚えた。

「ふふ、掴まえた」

「ぐ……ッ？」

「我が主《マスター》！」

俺は膝をついて、止まった息をなんとか戻そうとする。

しかし、思う通りにはいかなかった。

「さようなら。〝魔導師《マギ》〟アストル」

次の瞬間——ぐるりと回転する感覚があり、俺は意識を失った。

◆

「……」

小さな頭痛と共に、視界が開ける。

「……ここは……？」

視界に映る天井は鮮やかな緑に覆われて、緩いドーム状になっている。

……見覚えがあるような、ないような。

そう記憶力が悪いわけでもないはずだが、この景色がどこであったかはっきりと思い出せない。

「ようこそ。そして、久しぶり」

どこかで聞いたことのある声が、そばでする。

ふと顔を上げると、テーブルセットと……椅子に座っている何者かが目に入った。

「……E.E.L.」

俺の正面に座っているのは、かつて会ったことのある誰かだった。

「それは私の在《あ》り方《かた》を表わす記号にすぎないよ。なんとも味気ない……そうだな『R《アール》』と呼んでもらおうかな」

「じゃあ、R。ここは……」

「お祭しの通り……私の住処たる『過ぎ去りしいつかのあの日《アナザー・リグレッティア》』だよ。ちょうど暇を持て余していたんだ……君が訪ねてくれてよかった」

この美しく平穏を絵に描いたような『過ぎ去りしいつかのあの日《アナザー・リグレッティア》』は、次元と次元の狭間《はざま》に存在する特別な場所だ。

全ての世界と時間が重なる特異点の終焉《しゅうえん》。

神のおわす場所。

……この目の前の人物を『神』と呼ぶべきかは、些か疑問ではあるが。

「さて、どこに戻る？　どの世界のどの時間、どのキャラクターに戻る？」

ニコニコと温和な笑みを浮かべながら、Rは俺に矢継《やつ》ぎ早《ばや》に質問する。

何を言っているんだ。

俺は……

「――俺は誰だ？」

「何者でもない。君は君さ」

思い出せない。何もかもが。

この場所がどこで、そして目の前のいけ好かない奴が何者か……それはわかる。

わからないのは、自分のことだ。

大事なことがあったはずだ。

どこかへすぐさま戻らなければという焦燥感だけが、胸を焦《こ》がす。

「そんなことより、少し私とお茶を飲んでゆっくりしようじゃないか。急いだって仕方がない……ここは『過ぎ去りしいつかのあの日《アナザー・リグレッティア》』なのだから」

「俺を元の場所に戻してくれ」

「どうしてだい？　この場所は終わりも始まりも永遠も終焉も内包しているんだ。ここに在る……それだけで、君は君にはなりえない。ここではたくさんの君が、君を形作っているのだから」

わからないが、わかる。

俺は俺であって、特定の俺ではない。

俺という何者かを形作る複数の俺のような何者かが、俺として思考しているだけだ。

ええい、頭が混乱してきた。

落ち着け。

まずは落ち着かないと。

「俺は、俺だ……！」

「名前も思い出せないのにかい？」

「……！」

優雅にカップを傾けて、Rが悪戯っぽく笑う。

名は体を表す……なんて言うが、この『過ぎ去りしいつかのあの日《アナザー・リグレッティア》』で名前を持たないということは、それだけ自分が不確定になるということだ。

名前……

思い出そうとした瞬間、ズキリと頭が痛む。

セピア色の記憶の向こうで、柔らかに揺れるストロベリーブロンドがちらつく。

「く……ッ」

「おっと、無理をしてはいけないよ。君と君が乖離《かいり》してしまったら……もう、君ではいられなくなるかもしれない」

Rの言葉は優しげだが、無関心だ。

俺のことを心底どうでもいいと思っているのかもしれない。

だが、それが逆にしっくりときた。

その無関心さが呼び水となって、セピア色の脳裏に情報が浮かび上がってくる。

それは徐々に色づいて、俺の脳裏に『記憶』を形作っていく。

『――は凄いんだから』

『――ったら、またヘンな魔法作って』

ストロベリーブロンドの髪をした誰かが、俺の記憶の中で煌めき、揺らめく。

『大好きだよ――〝　　〟』

『〝　　〟――愛してるわ！』

朱《あか》い瞳が向けられている。

「俺は――……俺は……！」

何かが押し寄せて……ストン、と心に収まった。

「俺は――……アストル。〝能無し〟アストルだ」

「結構、おめでとう。君は『君《アストル》』を選択した……。既存人格《キャラクター》への復帰を果たすとはね。やはり君は……私の見込んだ通りの存在だ」

いつの間にか、俺に向き直っていたRが満足げに微笑んだ。

「俺はどうしてここに？　また死んだのか？」

「少し事情が違う。私が君を呼んだ。君はずいぶんと存在が薄くなっていたし、生命定義も希薄になっていた。だから地脈《レイライン》に押し流されて、溶けかけていた君を掬い上げることができた。……『人格と存在の証明《キャラクター・シート》』に大量の不備が生じていたけど……まぁ、そこは私が少しだけサービスをね？」

「R、俺は戻りたい。あの時間、あの場所に」

俺の要望に少し考えて、Rが口を開く。

「今度こそ死ぬかもしれないよ？　何せ、君の前にいたのは『はじまりの混沌《アルコーン》』だ。私だって、なるべく相手にしたくない類の在《あ》り様《よう》をする者達だ」

「『はじまりの混沌《アルコーン》』……？」

「君にとっては真に神であり、私にとっては仲の悪い同族さ。君の……レムシリアだったかな？　その始まりを司《つかさど》り、作り、世界のシステムの根幹となっている者達でもある。精霊達に近い……世界の創造主だよ」

そんな者を相手に……俺は戦うことができるのだろうか？

ペルセポネと名乗ったアレを思い出すだけで、恐怖が込み上げてくる。

「くそ、どうしてこうも恐ろしい……！」

「それはそうだろう。君の対峙した在れ《アレ》は、君の世界の死と、それに付随《ふずい》する恐怖を司るものだ。世界を作り、壊す〝真なる淘汰〟だよ。全ての生物が恐怖するだろうさ」

対処しようがない、ってことか？

出会った時点で詰みなんて、あんまりじゃないか。

「どうにかしないと……！」

「どうにかしたいかい？」

「ああ」

永遠《E.》と終焉《E.》の記録者《L.》が俺の瞳を覗き込んで、にんまりと笑った。

「それじゃあ、取引をしようか」

◆

「アストル!?」

瞳に涙を溜めたユユが、俺の顔を覗き込んでいる。

魔法を使った瞬間、そのままだ。

「あら……手ごたえはあったのだけど？」

「少し、あってね」

ペルセポネに答えながら立ち上がって、俺はナナシの隣に並ぶ。

「我が主《マスター》、大丈夫なのかね？」

普段すましたこいつが、こうやって慌てているのを見るのは、なかなか痛快だな。

「ああ。切り抜けるぞ、ナナシ」

そう虚勢を張ってみせるが、目の前には相変わらず不気味で楽しげな『不死者の王《ノーライフキング》』——死の体現者。

だが、あの湧き上がるような死の恐怖を感じることはない。

もちろん、脅威としてのひりつきを肌で感じてはいるが。

「驚いたわ。確かに殺したと思ったのだけど？」

「あいにく、死に戻りは初めてじゃない」

ペルセポネが、興味深そうに俺を見た。

Rの言った通り、俺のことに関して『不死者の王《ノーライフキング》』に勘付かれてはいないようだ。

「ペルセポネ、ここでやりあう気はない。お互い不干渉といこう」

「……我が主《マスター》？」

俺がペルセポネの名を口にしたことに、ナナシが驚いている。

それはそうだろう。

うつろう存在である人間が、その名を口にすることは自殺行為と言ってもいい。

それ故に、その存在を知り得た誰もが口にも出さず、文献にも残さないのだ。

そして、驚いたのはペルセポネも同様であったらしい。

名を呼ばれたことに、些か驚いた風に見える。

そう装っているだけかもしれないが。

「あら？　何かが変わったのかしら？　人が変わった？　それとも、存在が変わったのかしら？」

「興味もないくせに、勘繰《かんぐ》らないでくれないかな。あなたが興味を持っているのは、足元のそれだろう？」

俺は顎をしゃくって、倒れたままのロータスを示す。

これについての事情も、Rから聞いた話である程度推測できている。

ロータスそのものに問題があるわけではないが……『不死者の王《ノーライフキング》』に目を付けられるなんて、ツイてない奴だと同情するしかない。

そこに居合わせた俺達の運の悪さも、相当なものではあるが。

「そうね。いいわ……今日は少し楽しかったから、退いてあげる」

にんまりとした笑みを浮かべて、ゆっくりと宙に浮き上がるペルセポネ。

「妾の興味を引いてみせたご褒美に、サービスをしないとね？　〝魔導師《マギ》〟アストル」

「あなたを止めてみせる」

「やっぱり『淘汰』には対抗者が必要ですもの。いいわ、遊びましょう」

じわり、と死の気配を纏《まと》わせたペルセポネが、凄惨《せいさん》な笑みを見せる。

それは愉快でたまらないといった歪んだ顔だった。

「〝魔導師《マギ》〟が二人……たくさん死ぬわね。とっても素敵！　ふふふふ」

「思い通りにさせるものか、『不死者の王《ノーライフキング》』ペルセポネ。俺は、この世界は、まだあなたの出番をよしとしない」

「うふふ、どうかしら。あなたこそ、望んでいるのではないの？　今代《こんだい》の〝魔導師《マギ》〟。戦乱を、動乱を、殺戮《さつりく》を、救世を。英雄譚《えいゆうたん》の先頭を走って……至るべき所に至ろうというのではないのかしら？」

しっとりとした殺意じみた気配が『不死者の王《ノーライフキング》』から放たれている。

それに呼応したのか、倒れていたロータスがゆらりと浮き上がるようにして起き上がった。

「どちらの〝魔導師《マギ》〟がこの世界を救う英雄譚を紡《つむ》ぐのか、とっても楽しみだわ」

「英雄譚なんて必要ない」

「どうかしら？　妾はただあるべきように進めるだけ。滅びは避けられない」

「止めてみせるさ……！」

俺の言葉に、ペルセポネが嗤う。

ケタケタと、不快に、不気味に、狂気じみた嗤いが木霊《こだま》する。

「ふふふ……さぁ、ロータス。あなたの出番よ？　たくさん、楽しませてね？」

「お任せください」

ロータスの返事に笑みを浮かべると、ペルセポネは小さな傘を広げ……その姿を黒い霧《きり》に変えていく。

「終末を楽しんでね、〝魔導師《マギ》〟。たくさんの死の喜びがあなたを待つわ」

そう言い残して、ペルセポネは風に舞って消えた。

耳の奥では、いまだにアレの嗤い声が木霊しているような気にもなるが、とりあえずの危機は去った。

今、この時点で『不死者の王《ノーライフキング》』に立ち向かうには、準備が足りない。

『R』の要求を呑んで、対抗手段をいくらか手に入れはしたが……使いこなすには、覚悟と習熟が必要だ。

「さて……どうするんだ、ロータス？　もう一度俺とやり合うのか？」

「僕もお暇《いとま》しますよ。レディ・ペルセポネの言いつけを守らなくては……」

ロータスがどこか『不死者の王《ノーライフキング》』に似た笑みを浮かべる。

その頬には、複雑な文様が刻まれており……俺とR同様、彼がペルセポネと何かしらの契約関係を結んだことを示していた。

人の身を捨てた陶酔《とうすい》か、妙に油断して見える彼が、些か癇《かん》に障った。

これならまだ、青臭い話を固い頭で話していたロータスの方が、好感が持てる。

「……行かせると思うか？」

「行きますよ。今の僕なら、この位置から侯爵と奥様を殺せますよ」

湿気のある笑みを見せるロータスが、本気でそうできることを、俺は確信した。

むしろ、この状況を作り出すためにラクウェイン侯爵を殺さないでおいたということかもしれない。

「あなたは見捨てられない。だから、きっとたくさんの人の命がレディのテーブルに並ぶことになります。変わらないじゃないですか、今までと。小を生かして、大を殺す。それがあなたのやり方でしょう？」

「違う！」

「違いませんよ。あなたは☆1を救わなかった。僕も、あなたも……人でなくなったって変わりはしない。ただ、今度は僕らが、勝つ番だ」

そう言い切って踵《きびす》を返すロータスを、俺は追えなかった。

高貴なる者

「さて、説明をしてもらえるかね？　我が主《マスター》」

ラクウェイン侯爵の屋敷へと帰ってきた俺は、自室でナナシに問い詰められていた。

傍らには、心配そうな顔のユユと少し怒ったような表情のミントも一緒だ。

結果的に、ラクウェイン侯爵にもミントにも怪我はなかったし、『障り風邪』の治療薬が入ったコンテナも無事だった。

ただ、『トゥルーマンズ』のメンバーは影も踏めずに取り逃がす形となってしまった。

ペルセポネの力で姿を消したのか、周辺で網《あみ》を張っていたグレイバルトすら追跡不可能だったというから、驚きである。

グレイバルトの本気の追跡から逃げ切るのは、俺では無理だろう。

もしかすると、跳躍《ジャンプ》系の魔法を使ったのかもしれないが、ここラクウェイン領都《マルセル》には地脈《レイライン》が通っていない。

何かしら強引な手を使ったのは間違いない。

「ええと、つまり？」

「死に戻りしたあとの君についてだよ。どうして、アレと相対することができたんだね？」

「予想はついているんだろう？」

「君の口から説明するべきだと思うが？　我が主《マスター》」

ナナシが黄色い目をユユとミントに向ける。

確かに説明しておくべきだとは思うが、俺としても、少し自分の中でまとめる時間をもらいたい。

……と思っていたが、ミントが目の端に涙を溜めはじめたので、タイムアップだ。

仕方がない、起きたことを洗いざらい吐くとしよう。

「アストルはどうして、目の届かないところで無茶するのよ……！」

「ミント、違うんだ。今回は不可抗力というか、相手が悪かったというか……」

ぐずるミントが、半泣きで抱きついてきたので、俺はそれを受け止めて言い訳を口にした。

「ミント様、我が主《マスター》の言葉は真実だよ。今回は、運が悪かったとしか言いようがない遭遇だった」

「ん。ごめんね、お姉ちゃん。ユユは、アストルを、守り切れなかった……」

俯《うつむ》くようにして、目を伏せるユユ。

そんなユユを抱き寄せて、ミントと一緒に抱擁《ほうよう》する。

「心配をかけてすまなかった。でも、またあのいけ好かない神様に会うことができた。おかげで、死に戻ったたってわけだ」

「E.E.L.にかね？　ああ、それで……。なるほどね、納得したよ」

もしかすると、ナナシはRとも面識があるのかもしれない。

たったそれだけの情報で、ある程度察しがついたようだ。

「『不死者の王《ノーライフキング》』に相対しても大丈夫だったのは……『そういうこと』なんだね？」

「ああ。実に遺憾《いかん》だが……。あれにまともに立ち向かおうと思えば、四の五の言っていられない状況だった」

現在、レディ・ペルセポネに相対して大丈夫なのは、この世界では俺とナナシくらいだろう。

あれが、このレムシリアにおける『死の概念』の一端を体現する者である以上、奴に対峙するには、そのルールから外れる必要がある。

そしてそれを提案してきたのは、Rその人だ。

つまり俺は、この世界から逸脱した存在の加護を受けることで、ペルセポネの放つ根源的な死の恐怖に対して一応の抵抗力を得たのだ。

……しかし、決して不死になったわけではない。

当然、ペルセポネの死の気配に対する抵抗手段を手に入れたからと言って、勝てるわけではない。

そもそも、あれはこの世界の神であって、勝ち負けの話ではないのだ。

あくまで、彼女の起こし得るこれからの脅威に対して、こちらから介入する手段を得たというだけで、どちらかというと分《ぶ》の悪い賭《か》けになる。

まぁ……俺も神としての力を得たのであるから、広義では低位の神ではあるのだが。

「しかし、我が主《マスター》。よかったのかね？」

「よかないさ。でも仕方がない。俺にできることをできる範囲でやる。何も変わりはしない……」

ロータスが言っていた通りだ。

変わりはしない、これからも。

俺にできることをすればいい。

ただ、俺にしかできないことが少しばかり増えただけだ。

「しかし……あのロータスという男。見逃してよかったのかね？」

「ラクウェイン侯爵の安全が優先だよ。今、侯爵を失うわけにはいかない」

物事を大局的に見るのであれば、あの場面でラクウェイン侯爵の命を危険に晒してでもロータスを止めるべきだったかもしれない。

だが、それは俺にはできない選択だった。

英雄ならざる俺に、その選択肢はない。

結果としてその後、たくさんの人間を救えたとしても……ラクウェイン侯爵を犠牲にしたという事実は俺を縛《しば》るし、きっと後戻りできない選択をすることになると思った。

——で、あれば。

俺は、俺としてラクウェイン侯爵を救う選択をする。

これから先、もしかすると大きな危機が待っているとしても、だ。

「アストル。また、よくない顔を、してる。ダメ、だよ？」

「アタシ達がいるんだから！　一人で全部抱え込むのはナシだからね!?」

「我が主《マスター》。奥方達の言う通りだよ。相手はまがりなりにも神なんだよ？」

三人にそう諭されて、ギクリとする。

俺という奴はすっかり自戒を忘れていたようだ。

「ああ、そうだったな。俺一人じゃ、どうしようもない。みんなの力を借りないと」

「やけに素直だね？　結婚して丸くなったのはいいことだよ」

ナナシが頭蓋を揺らして笑った。

「しかし、少しマズいな」

「ああ。どう関わるべきか悩ましいところだね」

俺の呟きにナナシが頷く。

『トゥルーマンズ』を取り逃がしたのは、大きな問題になるだろう。

こちらでおびき出したとはいえ、高位貴族の公的施設を襲ったテロリストを捕縛《ほばく》できなかったのは、少しばかり風向きが悪い事実だ。

もしこれが外部に漏れれば、ラクウェイン領のみならず、エルメリア王国の国としてのメンツが潰れかねない。

『トゥルーマンズ』はゲリラ集団ではなく、国家の敵として認識されることになるだろう。

そしてそれは、レディ・ペルセポネやロータスの狙いの一つかもしれない。

彼らの目的は明確にはわからないが、『不死者の王《ノーライフキング》』が絡む以上、人の死に関わるだろう。

そして、ロータスの〝たくさんの人の命がレディのテーブルに並ぶことになります〟という言葉。

詳細は不明だが、いずれにしてもロクなことにならないのは明白だ。

「そういえば、ナナシは『不死者の王《ノーライフキング》』と面識があるのか？」

「あるかもしれないし、ないかもしれない。吾輩には記憶がないからね」

「……そうか」

〝繋がり《リンク》〟を介して感じるのは、ナナシの拒絶だ。

必要になれば話してくれると信じて、今は深く追及するべきではないだろう。

きっと、俺にも言えない何かがあるに違いない。

「ユユ、ミント。何があったかは後で必ず話すから、少しだけ待ってくれないか？」

「いいわよ？　ラクウェイン侯爵のところに行くのね？」

ミントの言葉に頷いて応える。

「ああ。俺達だけの問題じゃないからな」

「まずは、『井戸端会議《いどばたかいぎ》』が必要だね。王も、君の支援者も……できるだけたくさん集めなければ。

これは吾輩達だけでは手に余る」

「ああ、相手は――『淘汰』だからな」

言葉の重みに押し潰されぬよう、俺は守るべき妻達をぎゅっと抱きしめた。

◆

ナナシの提案に従って、俺は知己達《ちきたち》に〈手紙鳥《メールバード》〉を飛ばした。

ヴィーチャやリック、ミレニア、エインズ、レンジュウロウ……それに、伝説的な冒険者である俺の母のファラムにもだ。

まずは『トゥルーマンズ』が行動を起こしそうなエルメリアで協議を行い、状況によっては各国にヴィーチャから注意喚起の文書を送ってもらうのがいいだろう。

俺から手紙が届いたところで、所詮《しょせん》は☆1……まず、仕分けの時点で無視する国が出てくる。

手紙を出し終えた俺は、ラクウェイン侯爵にある程度のことを任せ……一路、学園都市《ウェルム》へと帰ってきていた。

〝これまでのこと〟と〝これからのこと〟を、妹やダグと相談しなくてはならない。

Rとの契約についても。

「入らないのかね？」

「急《せ》かすなよ、ナナシ。俺は今、心を落ち着けているんだ……！」

『塔』の前で足踏みする俺の肩で、使い魔が小さく頭蓋を鳴らす。

　これまで色んな迷惑や心配をかけてきた俺だが、さすがに本物の神と対峙して、その上永遠《E.》と終焉《E.》の記録《L.》者と契約を結んだなどと……妹やダグにどう説明すればいいのかわからない。

「ここに来て足踏みしてどうすんのよ。ほら、帰るわよ！」

「待て、ミント。心の準備と理論武装が必要なんだ」

「もう、意気地《いくじ》のない旦那様ね」

　いよいよミントが俺の首根っこを掴もうとしたその時、背後から聞き慣れた声がした。

「あれ？　先生。お帰りだったんッスね」

「お兄ちゃんだ。どうしたの？　こんなところで」

　振り返ると、大量の荷物を抱えるダグと、露店で買ったらしい氷菓を頬張る妹の姿があった。

　微笑ましい光景だが、少しばかり心臓が止まった。

「ダグ……システィル……た、ただいま」

「お帰りなさいッス。エルメリアはどうだったッスか？」

「待って、ダグ……この顔は、何かを隠してる顔よ。また何かやらかして帰ってきたんでしょ？」

　妹《システィル》には、初見でバレた。

　そして、その言葉に逆に落ち着いてしまった。

　バレてしまったからには仕方あるまい。

「まあ……ちょっと、な。うん」

「ほら、中、入ろう？　寒いところで、立ってたら、風邪、ひいちゃう」

「ユユねえの言う通りだね！　みんな、お帰りなさい！」

「お帰りなさいッス！」

どこか上機嫌な妹とダグに背中を押されるようにして、俺は塔の扉をくぐる。

そこには、少しばかり意外な人物が待っていた。

「アストル、戻ったか」

「レンジュウロウさん!?」

「息災《そくさい》なようで何よりじゃが……察するに、またなんぞ巻き込まれたようじゃな？」

どうやら耳の良いレンジュウロウには、塔の外でまごついていた俺の醜態《しゅうたい》が聞こえていたらしい。

続いて、レンジュウロウの妻になった半森人《ハーフエルフ》の忍者――チヨが、俺達を中へと促す。

「皆さん、お帰りなさいませ。チヨめがお茶を用意いたしましたので、まずは手を洗ってらしてくださいね」

「ありがたいッス」

「ヤーパンのお茶って美味《おい》しいのよねぇ」

ダグとシスティルが、荷物を置いて洗面所へと消えていく。

その背中を見送った俺達は、狼人族《コボルト》の侍に向き直った。

「お久しぶりです、レンジュウロウさん」

「うむ、『井戸屋敷《ウェルハウス》』以来となるか。『草』からいろいろ情報は入ってきておるが……そろそろ、お主《ぬし》の口から聞かねばと思ってな」

「ダメですよ、旦那様？　そのように言っては、アストル様が困ってしまいます」

「む、そうかの？」

チヨの言葉にたじろぐレンジュウロウに、俺は少しばかり苦笑する。

まさかあのレンジュウロウが、娘と可愛がっていたチヨの尻に敷かれるなど、予想もできなかった。

「みなさんも、まずは旅装を解いてらしてください。その間に、ダグさん達に買ってきていただいた甘い物でも並べておきますから」

「ええ、そうするわ。ありがとね、チヨさん」

「ん。いこ？　アストル」

姉妹妻に引っ張られて入った約一ヵ月ぶりの自室は、綺麗《きれい》に片付けられ、掃除が行き届いていた。

システィルかダグが、こまめに掃除をしてくれたのだろう。

「はい、おかえり、アストル」

「ユユも。おかえり、なさい、アストル」

部屋に入った途端《とたん》、ミントとユユに抱擁される。

ここに戻ってこられたという事実が今更ながら込み上げてきて……俺も二人を抱きしめた。

「ただいま。お帰り、ユユ、ミント」

柔らかな笑みを浮かべたユユが、頬を俺に擦《す》り付《つ》けてくる。

くすぐったいが、その愛情表現が俺の心を安らがせた。

だから、俺もそっと頬ずりを返す。

「ちょっと？　こっちにも愛する奥さんがもう一人いるんですケド？」

「わかっているよ、ミント」

ミントの頬に唇を触れさせて、頭を撫でる。

そう心配しなくても、ちゃんとお前を愛しているとも。

この二人の存在が、あの不確かな『過ぎ去りしいつかのあの日《アナザー・リグレッティア》』で、俺を俺へと引き戻した。

今、こうして俺が在るのは、二人がいてくれたおかげだ。

「今日の夜はアタシが先だからね？」

「む、お姉ちゃん、ずるい」

「ずるくないわよ！」

俺の腕の中で、可愛らしい姉妹喧嘩《きょうだいげんか》を始める二人に軽く苦笑する。

この日常が、俺の護《まも》るべきものだ。

それこそ、命を賭《と》してでも。

「あ、何よ、アストル！　笑うことないでしょ」

「違う違う、ただ……幸せだなって思っているだけだよ」

だからこそ、ロータスの言った言葉の意味を考えてしまう。

俺だけがこんな風に幸せでいいのだろうか、と。

今この時だって、☆1への迫害は続いている。

この世界に染みついた、文字通りの『呪い』。

それが、人間同士を隔《へだ》てているのだ。

それを看過できないという気持ちも、わからなくはない。

しかし、ロータスのやり方では、ダメなのだ。

たとえ、この世界の神の一柱である『不死者の王《ノーライフキング》』がそれをよしとしても。

俺は……俺達は、未来を見据《みす》えなくてはならないのだ。

何度か衝突することもあるだろう。

しかしそれは今じゃないし、☆1とそれ以外の人間の正面衝突《せんそう》であっていいはずないのだ。

「俺は、この世界を守るよ」

「ふふ、アストルったら」

ユユが小さく笑う。

「ん？」

「なんだか、〝勇者〟みたい」

◆

「それで？　結局のところ、例の神様となんの契約をしたの？」

「どう説明したものか……」

わしわしと俺の背中を洗うミントに、どう説明したものかと首を捻る。

結局、旅のほこりを落とすために俺達は、先に入浴と洒落込むことにした。

レンジュウロウを待たせて申し訳ないという気持ちはあるが、当人が〝まずは落ち着くのがよかろう〟と言ってくれたので、それに甘えた形だ。

それに、彼に話すなら、考えをまとめる時間も欲しかったので、ちょうどよかったとも言える。

「はい、終わり。ユユ、頭洗ってあげて」

「ん。ほら、アストル……目、閉じてて、ね」

ユユが何かを俺の頭へと垂らした。

うっすらとしたチトロンの花の香りが広がって、心を落ち着かせる。

姉妹が好きな花の香りだ。

「はい、洗うね」

学園都市《ウェルス》の賢人が開発した頭髪用のシャボン液だ。

この浴場にあるのは、俺がそれに改良を加えたものだが。

「端的《たんてき》に言うと、E.E.L.はこの世界を救いたいらしい」

「その神様も、異貌存在《イモータル》、なんだよ、ね？」

「ああ。ただ、どこの世界を管理している……というわけでもないらしい」

生まれ、滅び、あるいは合わさっていく数々の次元と世界、そしてその情報をただ観測して記録するだけの、圧倒的な『傍観者』。

……の、はずなのだが。何故か、レムシリアにはご執心らしい。

「なんだってアストルばっかり呼ぶのかしら？　それとも、死んだらみんなそこに行って会うわけ？」

ミントが納得いかない様子で首を捻った。

「大いなる流れ《オールストリーム》の狭間にいる存在だしな……死んだら会えるのかもしれないが、俺のように顔を合わせてってことはないかもしれない」

俺の頭を洗いながら、ユユがゆっくりと言葉を紡ぐ。

「じゃあ、アストルが、特別、なんだね。さすが？」

「わからない。わからないが……どうやら俺は、E.E.L.がこの世界へ介入するために必要な存在なんだってさ」

「まどろっこしいわね。神様なんでしょ？　ぱぱっと助けてくれればいいのに」

「神様とも少し違うらしくってな……でも、この世界は〝面白い〟らしい。彼としては記録を続けたいんだとさ」

——どうにかしたいかい？

脳裏にRの言葉が残響する。

あのにこやかな笑みに見え隠れする、無邪気ともいえる興味本位さ。

〝お気に入《お》りの玩具《れ》〟で遊びたいという、高位存在らしい傲慢《ごうまん》な意思。

だが、逆にその裏表のなさは、信用に値《あたい》する。

あのような高次元の存在が、俺を騙《だま》す必要などないのだ。

ただ、前から気にしていた世界の、ちょっとしたお気に入りのキャラクターが、少しばかり困っていたから……それだけの理由だろう。

「E.E.L.は、俺にいくつかの力を貸してくれると言った。代わりに、自分の用事を手伝うように契約を持ちかけてきたんだ」

「それ……大丈夫なワケ？」

ミントは意外と理解しているようだ。

まるでお小遣いをもらう時の子供の約束のように聞こえるが、次元の狭間におわす異貌存在《イチータル》の用事というものが、どんな大事や厄介事になるのか。

「だが、そうでもしないと対抗できないのが……ごぼぼぼぼ」

話している最中にお湯を流すのはよそうか、ユユ？

「はい、おしまい。つかろう？」

「あ、ああ」

背中を押されてすでにバスタブに陣取っているミントの隣に、ユユと二人で滑り込む。

温かな湯に浸かって、息を吐き出すと、俺の両肩に妻がそれぞれ頭を乗せてくる。

「三人でこうして入るのって、昔だったら想像もできなかったわ」

「ん。でも、こうなると、思ってた」

出会った頃のミントは俺とユユにどこか遠慮していた。一方ユユは、三人で在ることを強く望んでいた気がする。

いろいろ悩んだものの、結婚してからはこれが自然な形なのだと納得した。

二人とも大切で、二人とも愛していて、その二人ともが俺を愛してくれる。

であれば、共に在ることは自然なのだ。

「それで、アストル？　神様の力で神様に対抗するんでしょ？」

「……ナナシ曰く、あれは『不死者の王《ノーライフキング》』と呼ばれる存在らしい」

俺が口にした名前を聞いたユユが首を捻る。

「のーらいふ。あれって、アンデッド、なのかな？　E.E.L.は何か、言ってた？」

「もっと性質《たち》が悪い。この世界の原初の神様みたいなものだ。『はじまりの混沌《アルコーン》』と呼ばれる者達の一人らしい」

その歴史は竜《ドラゴン》達よりも古い。

このレムシリアが名も実体もなく揺蕩《たゆた》う魔力《マナ》の塊であった頃から、それらは内に在ったと、Rは言っていた。

世界が世界として成り立つためのいくつかの規範、事象、基礎に絡む基幹的な予想を司る存在が、『はじまりの混沌《アルコーン》』と呼ばれる、うつろわざる者達だ。

世界の理《ことわり》を体現する精霊に近いともいえるが、もっと深い場所にいて……もっと根源的な存在である。

そんな者が面白半分に現界するべきではない……とは思うのだが、『不死者の王《ノーライフキング》』を含む複数の『はじまりの混沌《アルコーン》』は、時折世界を揺さぶるためにその姿を見せることがあるらしい。

魔王事変や、異界の勇者――レオンの世界との一時接触。そういった外部世界からの脅威である『淘汰』が、彼らを目覚めさせた可能性は高い。

そうした時に彼らがとる行動は、〝自浄〟と〝促進〟であると、Rは語った。

『淘汰』を乗り越えるために、あるいは世界そのものを自壊させてリソースに還元するために、彼らは動く。

それらは本能的でありながら、ひどく人間的であり、時に徹底的な破壊を行う。

彼らはレムシリアに内包される、定められた『淘汰』でもあるのだ。

「……つまり、俺やナナシ、E.E.L.にさえも、どういうつもりで動いているかわからないんだ」

「何それ！　もう、勝手な神様ばっかりね！」

「維持するために動く『はじまりの混沌《アルコーン》』もいるそうだけど……俺の所見じゃ、『不死者の王《ノーライフキング》』はかき回して遊んでいるようにしか見えないな」

きっと……ロータスをはじめとした『トゥルーマンズ』に関与するのも、何かしらの思惑があってのことだろう。

「で、それと戦うワケ？　相変わらず大物に喧嘩吹っ掛けるのが得意ね。そういうの、嫌いじゃないわよ？」

「戦って勝てる相手じゃない……だが、やろうとしていることは阻止しないといけない気がする」

「何を、しようとしてるの、かな？」

ユユの疑問に答えるべく、俺は思考をまとめる。

ここに来るまでに全く考えなかったわけではないのだ。

推論はいくつか浮かぶ。

……ただ、相手は神で、しかも死の恐怖を司るような奴だ。

人間の考えが及ばない、ぶっ飛んだ思考回路をしている可能性は大いにある。

「それについては、吾輩が……ヒントを出せる」

湯船の端に、たたんだタオルを頭蓋に乗せたナナシがポンっと小さな煙と共に現れた。

「ナナシ、覗きはよくないな」

「失敬な。吾輩に性別がない以上、覗きにはあたるまい。奥方達が問題にするなら、消えるとするがね」

「アタシは気にしないわよ。ナナシって小さいままの方が可愛くていいわね」

「ん。それで……ヒントって、何？」

小さく咳払いをしてナナシが語る。

「『不死者の王《ノーライフキング》』の言から察するに、アレは☆1を利用して、世界を大きく揺さぶるつもりだろう」

「なんのために？」

思わず疑問が口から出ていた。

「よいかね、アレは『淘汰』ではあるが、天秤《てんびん》でもある」

ナナシが、黄色い目をすっと細める。

ヒントというより、まるで禅問答だ。

きっと、ナナシ本人にも断言できる要素が少ないのだろう。

「『不死者の王《ノーライフキング》』はこの世界をアレ好みの死の世界――『灰色の野』に塗り替えるつもりかもしれない」

「どう、やって？」

ユユの言葉に、ナナシが静かに答える。

「多くの人々を殺して」

「この世界の神なんでしょ⁉」

「ミント様、そこだよ。吾輩らとは徹底的に相容《あいい》れない存在なのだ。アレは、『不死者の王《ノーライフキング》』の名の通り、死の概念をもたらす者。むしろ、生きている我々が、アレにとっては異常な在り方に映るに違いない」

「頭がこんがらがってきた……」

風呂の中で頭を抱えるミントを軽く撫でやって、俺は湯船に浮かぶナナシに問う。

「ならば、どうしてすぐに人類の殺害を始めない？　俺にしたようにすれば、簡単だろう？」

「それについては吾輩もわからない。ただ、何をしたいかは予想がついたよ」

「……もしかして、『トゥルーマンズ』と関係しているのか？」

「そう、最も効率的なのは『はじまりの混沌《アルコーン》』の影響を受けやすい原初の人類――『古代アーナム人』の特性を持った☆1を使うことだ」

ナナシの言葉に、俺は思わず息を呑む。

温かい湯に浸かっているのに、背筋《せすじ》がぞっとして、全身が冷えていくのが自覚できた。

ナナシの『ヒント』で、レディ・ペルセポネの動きが何を示唆《しさ》しているのか、少しばかり予測できたからだ。

「まさか、戦争を起こすつもりか……！」

辿り着いた俺の言葉に、使い魔がすっと黄色い目を細めた。

◆

塔に帰ってから、二週間ほど経ったある日……塔に書簡が届いた。

ヴィーチャからの手紙だ。

内容は、『井戸端会議』の準備ができた、という旨の知らせだった。

出席者のリストには、エルメリアの重鎮から新世代、主要都市の各冒険者ギルドのマスター、それに〝業火の魔女《ブレイズウィッチ》〟の異名を持つ俺の母など、そうそうたるメンバーの名前が並んでいる。

俺の送った手紙の内容を理解したと考えていいだろう。

「ふむ、動き出したようじゃな。もう少しごたつくと予測しておったのじゃが」

「しかし、まだエルメリア国内に留まった動きです」

レンジュウロウの言葉に、小さくうなずいて返す。

世界を滅ぼそうという『淘汰』の兆《きざ》しがあったというのに、結局のところ、身内周りでしか動けていないことに歯がゆさを感じた。

レディ・ペルセポネの尖兵《せんぺい》である『トゥルーマンズ』がエルメリアでしか活動を起こしていないという事実がある上に、それに遭遇したのは☆1の俺だ。

……まともに取り合ってもらえるだけ、ありがたいと言えるかもしれない。

「開催日は二週間後じゃな」

一番遠方、リックが治めるヴァーミル領から王都までの距離を逆算してのことだろう。

使節団の後始末に追われているはずのリックには申し訳ないが、国どころか世界の危機になりかねないので、手伝ってほしいところだ。

とはいえ、エルメリアの現上層部はこういった脅威には敏感だ。

魔王事変で『淘汰』の中心地となってしまったのは不幸な出来事ではあったが、危機意識は高い。
☆1でしかない俺の進言に耳を貸してくれる王がいるのも、幸運だった。
「今回は、ユユ達、お留守番だね」

「すまないな」

陸路にせよ、空路にせよ、学園都市《ウェルス》から王都に向かうには、どんなに急いだって開催日ギリギリになる。

で、あれば……〈異空間跳躍《ディメンションジャンプ》〉を使って身軽に立ち回った方が良いだろう。

「チヨ、ワシらはすぐに出立《しゅったつ》するぞ」

「心得ております。すでに馬車も押さえてございます」

すっくと立ちあがったレンジュウロウが、こちらに頷く。

「『井戸端会議』にはワシも出席するとしよう。いざとなれば、その神の素《そ》っ首《くび》を叩き落とさねばならぬ故な」

「心強いです、レンジュウロウさん」

「話を聞くに、どうにもキナくさい。ワシも賢人の端くれとして、手伝わねばな」

俺の肩を叩いて、レンジュウロウがのしのしと塔の扉に向かう。

「ふふ。レンジュウロウ様は、少し拗ねておいでなのです」

「レンが？」

驚くミントに、チヨがくすくすと笑って頷く。

「長らく、冒険に行っておりませんでしたし、茨の精霊《ソーンエレメンタル》の時も間に合いませんでしたから」

「あの時は、俺も少し急いでいた上に、頭に血が上っていて……」

「ですから、此度《こたび》はきっと張り切っていらっしゃいます」

笑顔のチヨに、俺は頷く。

「頼りにさせてもらいます。もちろん、チヨさんも」

「はい。お任せくださいませ！　それでは、現地にて」

チヨはぺこりと頭を下げて、扉の前で待つレンジュウロウのもとに駆けていく。

こうして見てみると、冒険をしていた頃とはやはり違う。

二人が親子でなく夫婦に、ちゃんと見える。

俺達も、あんな風に見えているのだろうか？

「行っちゃったわね」

「ああ。現地で会えるさ。二週間あるとはいえ、俺も準備をしないとな」

そう言いつつ立ち上がった俺は、ミントをじっと見る。

「何？　アストル。顔に何かついてるかしら」

「ああいや、少し確認したいことがあって……手伝ってくれないか」

「いいけど。珍しいわね、ユユじゃなくてアタシにそんなこと言うなんて」

からからと笑うミントに、少しばかり申し訳ない気持ちになる。

二人を平等に愛し、接しているつもりではあるのだが、やはり魔法使い同士ということもあって、何かを手伝ってもらう時はユユが多い。

それについてミントは何も言うことはないが、寂《さび》しい思いをさせていたのかもしれないと考えると、少し心が痛んだ。

「それで？　何したらいいの？」

「模擬戦の相手を頼みたいんだ」

「珍しいわね？」

ミントは本当に意外といった顔で、俺を見た。

まあ、どちらかというと、体を動かすより頭を動かすことの方が好きな俺だ。日々の日課以外では、こういう機会はない。

「いいわよ、地下に行きましょ」

「ユユも、行く」

「たまにはユユも体動かす？」

「ううん。お姉ちゃんが怪我した時の、治癒役、だよ」

くすくすと笑うユユに、ミントが口角を上げる。

「言ったわね！　今日こそアストルをケチョンケチョンにしてやるんだから！」

「おいおい、ほどほどに頼むぞ……！」

「夫婦間で手加減とか、失礼でしょ！」

ミントと本気でやり合ったりしたら、命がいくつあっても足りない。

今や彼女は、この世界における最強の剣士の一角なのだ。

本来、☆１の俺が気軽に立ち合っていい相手ではない。

「でも、どうして急に？」

「死に戻ってから、ちょっとね」

俺の返答に、姉妹が緊迫した気配を醸《かも》し出《だ》す。

言い方が悪くて心配させてしまったようだ。

「悪いわけじゃない。だけど、うまくバランスが取れていないいんだ」

「どういうこと？」

「我が主《マスター》は、E.E.L.にイタズラされたのだよ。『御使《みつか》い』か、それに類する存在にね」

肩に姿を現した口の軽い悪魔が、隠しておこうと思っていたことをペラペラと話した。

「『御使い』？」

「ええと、天使様になった、ってこと？」

ユユとミントが揃って首を傾げた。

「まあ、そんな感じ。使命を果たすのに、少しばかり便利にパワーアップした、みたいな……」

しどろもどろに答える俺に驚いて、姉妹は小さく噴き出した。

何か笑うところがあっただろうか。

「レムシリアンでレベルがバカみたいに高くて、ヘンな魔法をいっぱい使えるアストルが、さらにパワーアップってどういうこと？」

「笑っちゃ、だめだよ、お姉ちゃん。アストルが、凄くなりすぎた、からって」

窘《たしな》めるユユも笑ってしまっているが。

とはいえ、もう少し大事に受け止められるかもしれないと、戦々恐々《せんせんきょうきょう》としていたのだ。

Rによって、俺の存在定義は少しばかりグレードアップして上書きされた。

『人格と存在の証明《キャラクター・シート》』などとRが呼称する、俺の魂《たましい》のその根幹部分に何か手を加えたらしい。

俺にはさっぱりだが、聞いたこともないようなユニークスキルが三つばかり追加されており、同時に身体的にも少しばかり書き換えられた。

おかげで、これまで脆弱だった俺の身体とのギャップに戸惑《とまど》っているわけだが。

「それじゃあ、遠慮なくいくわよ！」

「お手柔らかに」

訓練場中央――お互いに木剣を構えて向かい合った俺とミントは、小さく息を吐き出してから床を蹴った。

◆

――そして迎えた『井戸端会議』当日。

「それじゃあ、行ってくる」

「ん。気を付けて」

「今度はトラブルに首を突っ込む前に帰ってくるのよ？」

ミントのお小言に苦笑しつつ、二人を抱擁する。

「肝《きも》に銘《めい》じるよ。でも、何が起こるかわからない……二人とも、その時は頼むよ」

「任せて。ユユは、旅の準備、できてる、から」

「アタシもね。何かあったら、すぐに手紙を飛ばすのよ？」

二人に頷いて、賢爵を示すコートを羽織る。

着慣れない上に面倒くさいが、王侯貴族の前に出るわけだから、普段通りとはいかない。

すっかり小綺麗な服装に整えられた俺に、ユユが『クレアトリの杖』を差し出す。

この不活性ダンジョンコアを内包する魔法の杖の中心には、現在、人造イモータルであるミスラを入れてある。

万が一の切り札の一つとして準備しているが、今回は単なる報告と会議が行われるのみ……使うことはまずないだろう。

単純に、『アルワース賢爵』のフレーバー付けとして持っていくだけだ。

何せ今回は、そのまま王議会に出席しなければならない可能性が高い。

最初はいつもの通り『井戸屋敷《ウェルハウス》』での腹を割った話し合いとなるが、その後は、割った腹を仕舞い込んでその探り合いに参加するという、なんともおかしな状況になることが予想できる。

気が滅入《めい》っている俺に、ミントが魔法の小剣《オーティア》を差し出しながら問いかける。

「そういえば、例の神様モードはどのくらい使えるようになったの？」

「やってみたが、三分くらいが限界だな……。使った後、体中が焼き付いたみたいになって、逆に危ない。今の俺じゃ、まともに使用できるかどうか怪しいな」

Rに付与されたスキルのうちの一つ、【神威《しんい》】。

俺の存在を『はじまりの混沌《アルコーン》』並みにまで昇華することができるスキル——なのだが、レムシリアという環境で使うには相性が少々悪い。

だが逆に、この相性の悪さは俺達にとっての朗報でもある。

『はじまりの混沌《アルコーン》』達は顕現することはできても、その力を十全に使える時間はおそらくごく短時間に制限されると予測される。

つまり、顕現時は何かしらの低燃費な存在へとグレードダウンしているはず。

それほどまでに、【神威】を維持するのは、負担が大きいのだ。

「帰ってきたら、実験の続き、しよう、ね？」

「ああ。どこまでやれるか、試せるうちに試しておきたいしな」

ミントとユユがそれぞれ俺の手を握って、少し心配そうにこちらを見上げる。

「じゃあ、アストルが出かけてる間はゆっくりしましょ」

「ん。帰ってくるの、待ってる、ね？」

ああ……今日も俺の妻達は可愛い。

もう一度、抱きしめて二人の額にキスをする。

出会った頃は同じくらいだった身長も、今では俺の方が頭一つ高い。

そんな俺に腕を回して、ミントが口を開いた。

「言っとくけどね、寂しいし、不安だし、心配なんだからね！　ユユだって、アタシだって」

「わかってるよ」

「わかってない！　勝手に神様？　になって帰ってくるし……。いい？　冒険者は助け合うものなの。アストルは神様である前に冒険者で、アタシ達の旦那様なんだから、絶ッ対に、無茶しちゃだめよ!? わかった？」

堰《せき》を切ったように言葉を紡ぐミントの頭を撫でて、今度は唇を触れ合わせる。

「わかってるさ。俺にできることを、俺にできる範囲で。君達と、一緒に」

「わかってるなら、よし！ じゃ、行ってらっしゃい」

少し機嫌を良くしたらしいミントに頷き返して、魔法を詠唱しようとすると、ユユがコートの裾を小さく引っ張った。

「お姉ちゃんだけ、ずるい。ユユにも、いってきますのキス、して？」

「……！」

少しだけ照れてしまった俺は、ユユにもキスをして〈異空間跳躍《ディメンションジャンプ》〉の魔法を唱える。

手を振る二人のいる景色が、薄暗い『井戸屋敷《ウェルハウス》』の『楔の間《くさびのま》』へと変じた瞬間……今日話さねばならぬことの重さに、気分が沈むのだった。

◆

「さて、と。頼んだぞ、ナナシ」

「相変わらずの悪魔使いの荒さだね、我が主《マスター》」

「さっさと終わらせて家に帰ろう。そうしたら、甘い物を好きなだけ食わせてやる」

「悪魔との契約は重いよ？」

小さく頭蓋を鳴らしながら、ナナシが人の姿に化ける。

「気配からして、何人かはすでに屋敷にいるようだ。準備はいいかな？」

「ああ、行こうか」

『楔の間』を出て玄関ホールへ向かうと、貴族の礼服に身を包んだ二つの人影があった。

「アストル！」

金髪を揺らして声を上げたのはミレニアだ。

「やあ、ミレニア。あれ、ちょっと髪切った？」

「え、ええ。あまり長すぎるのも管理するのが大変だったから……っじゃなくって！　またとんでもないことに首を突っ込んで！　心配するわたくし達の身にもなってくださいまし！」

「まったくだ。今度はモノホンの神様が相手だって？　また凄いのに喧嘩売ったな――……オレの剣って通じるのか？」

もの凄い剣幕のミレニアと、のほほんとしたリック。

学生時代を思い出して、少し笑ってしまう。

「いや、俺は売られた方さ。買った覚えはないけど、押し売りされてね……」

そう返したところで、のそりと熊のように大きな影が玄関から姿を現した。

「返品すればよいのではないか？」

「レンジュウロウ様、そういう問題ではないのですよ」

「む、そうか？　ガハハハ」

豪快に笑う狼人族《コボルト》の侍と、それを窘める小さな半森人《ハーフエルフ》の忍者。

「レンジュウロウさん、チヨさん！　もう着いていたんですね」

「うむ、エインズが手を回してくれての。なかなか快適だったわい」

「もしかしたら間に合わないかもと……」

「何を言う。ワシらは仲間であろう？　約束は違《たが》えぬよ」

頭をわしわしと撫でられ、俺は苦笑する。

「ちょっと……俺はもう子供じゃありませんよ」

「そうかの。じゃが、ワシにとってはお主もまたそのようなものじゃて。バーグナーの娘と竜殺しの小僧も息災のようで何より」

リック達に軽く挨拶をしてから、レンジュウロウは再び俺に向き直る。

「して……此度の件、どう説明することにしたのだ？」

ある程度は手紙で伝えたものの、全てを語ったわけではない。

俺が得たもの、『不死者の王《ノーライフキング》』にロータス……直接伝えなくてはならないことは多い。

「全員揃ったら、話しますよ。胃痛止めの魔法薬《ポーション》を飲むなら、今のうちにどうぞ」

俺の言葉に、仲間達が緊張した面持《おもも》ちでごくりと喉《のど》を鳴らした。

それから少しして、ヴィーチャが有力な地方領主であるハルタ侯爵を伴って『井戸屋敷《ウェルハウス》』に現れた。

「すまない、遅れたようだ。……では、アストル。始めてくれ」

ヴィーチャは着席するなり俺に発言を促した。

王議会のこともある……きっと、時間の都合をつけるのに無理をしたのだろう。

あるいは、上位貴族からこの『井戸屋敷《ウェルハウス》』の会合に参加させろと詰められたのかもしれない。

小さく咳払いをして立ち上がり、俺は口を開く。

「まず、今回の経緯から。エルメリア王国とその周辺において、〝魔導師《マギ》〟を名乗る人物がゲリラ活動を行なったことが、今回の発端となっています。ご存じだと思いますが、〝魔導師《マギ》〟は俺の冒険者タグに登録された正式な二つ名であり、それを名乗って破壊活動を行うことは、身分詐称《みぶんさしょう》と名誉の毀損《きそん》にあたります」

☆1の名誉なんて損なったところでどうということはないはずなのだが……俺の場合は、噂に紐づいたものが洒落にならない。

そして、そんな二つ名を俺に押し付けた悪い大人――レンジュウロウにしても思うところがあるようだった。

「ふむ。特にお主の場合は、影響が大きいからの。〝魔導師《マギ》〟が☆1と知っている者もエルメリアには多い。となれば……」

「はい。他の☆1以外の市民の反感を買いやすく、☆1は影響されやすいってことです。それで、エルメリア王国の上層部も働きかけがあったのでは？」

俺の視線に、ヴィーチャをはじめとして、ラクウェイン侯爵、ハルタ侯爵、レイニード侯爵の旧世代貴族達が小さく頷く。

「〝魔導師《マギ》〟という名前だけが一人歩きしたようだ。当然、冒険者ギルドに問い合わせが行き、君のことが伝わったのさ」

レイニード侯爵がいくつかの書類をめくりながら話す。

ある程度、俺が予想していた通りのようだ。

「『ノーブルブラッド』の連中は、君を御《ぎょ》すことで『トゥルーマンズ』を手駒にできると考えたようだ。少なくともその時点では、国内での混乱を引き起こしているのは君だという見解があったようだね……情報もろくに扱えない愚かな老人達だ」

レイニード侯爵の言葉に、ハルタ侯爵の眉がピクリと動く。

ハルタ侯爵が『ノーブルブラッド』の構成員であることは、すでに調べがついている。

自分の所属組織を悪《あ》し様《ざま》に言われれば、気分も悪かろう。

「……とにかく。それによる風評被害や〝魔導師《マギ》〟の名を騙った詐欺を防止するために、俺は秘密裏にエルメリアへ移動しました。これに関しては……謝罪します」

自分達に任せておけという、ヴィーチャ達の努力を無駄にしてしまった。俺はそのことを素直に謝った。

「それはいい。君の期待や信頼を裏切り続けているのはエルメリア側だ。任せておけないという気持ちはわかる」

ヴィーチャの言葉に、俺は首を振って応える。

いくらここが誰もが平等に発言できる『井戸屋敷《ウェルハウス》』だからといって、王の言葉にしては些か卑屈《ひくつ》が過ぎると感じた。

「そんなつもりじゃないんです。ただ……どうして〝魔導師《マギ》〟を名乗っているのか、直接聞きたかったんですよ。俺の偽物が、どういう理由で俺の真似事をするのか興味があったんです。何せ、彼が掲げている目的が……俺がやりそうにないことだったので」

「そうだな。『トゥルーマンズ』の掲げる〝あれ〟は、少し頭と気の回る奴なら、もう少し慎重にやるだろう」

ラクウェイン侯爵の言葉に、ヴィーチャが苦い顔をする。

何かと理由を付けて☆1の人権獲得を推進してきたのは、ヴィーチャもまた同じだった。

だが、『トゥルーマンズ』とヴィーチャの目指すところは、決定的に違う。

ヴィーチャが目指すのは、最終的に〝全ての人間の平等〟に到達することであり、『トゥルーマンズ』のように☆1以外を排斥し、復讐《ふくしゅう》する……といったものではない。

「……続けます。情報筋と合流後、ラクウェイン侯爵閣下に『障り風邪』の特効薬の開発を依頼され、それを餌に『トゥルーマンズ』を誘い出しました」

「そのくだりはラクウェイン侯爵から説明があったな。テロリストを逃したという点を気にしているようだが、結果的に特効薬は守られた。王国としては問題としない」

俺が少なからず気にしていることを察知してか、ヴィーチャが話に先手を打ってくる。

助かったが、これでは謝ることができないな。

「問題はその後だ……アストル。ロータスといったか？　例の『トゥルーマンズ』のリーダーと『はじまりの混沌《アルコーン》』についての関連性からが、今回の本筋だろう？」

ヴィーチャの言葉に、周囲からは肯定の頷きが見られる。

そう、ここまでは手紙でしたためてあり、ラクウェイン侯爵からも説明があったはずだ。

つまり……これからが、本番である。

「はい。まずは、『トゥルーマンズ』から。端的に言うと、彼らは俺と同じような存在です」

「ふむ。同じとは、どういうことかの？」

レンジュウロウが、鋭い視線を俺に投げる。

「俺は『ダンジョンコア』によってレベルの限界を超えた☆1ですけど……彼らも似たような方法でレベル限界を超えた☆1です」

「『ダンジョンコア』を使ったというのか⁉　☆1が？　どうやって手に入れたというのだね？」

驚いて腰を浮かせるハルタ侯爵を、レンジュウロウが手で制する。

「落ち着かれよ、ハルタ卿。アストルに『ダンジョンコア』を握らせたのは、このワシだ。賢人として、実験の欲に耐えられなくてのう」

「しかし、それはともかくとして……！」

ハルタ侯爵はまだ何か言いたそうだが、俺は話を続ける。

「落ち着いてください、ハルタ侯爵閣下。彼らが使ったのは、おそらく『穢結石《インピュアリティ》』です」

現在、『ダンジョンコア』の流通は厳しく制限されており、出土する『ダンジョンコア』は基本的に国のオークションにかけられて、国が落札することになっている。

これは、情勢不安のこの国で貴族が反乱を起こさないようにするためでもあるし、次なる『淘汰』に備えるためでもある。

そして……『ダンジョンコア』は瘴気《ミアズマ》で汚染された国土を正常化する手段としても、利用されている。

瘴気《ミアズマ》に強く汚染された地域は、魔物《モンスター》が狂暴化したり、家畜などが悪性変異した獣《マリグナントビースト》に変貌したりするため、人の住める地域を圧迫し、その周辺のリスクが増すのだ。

本来ならそういう地域は、魔力《マナ》の循環を待って十年単位で回復させるものだが、『ダンジョンコア』を使えば、そうした場所をかなり広範囲にわたって正常化できることがわかっている。

そのため、現状冒険者が売却に出す『ダンジョンコア』は、全てエルメリアが買い取っているのだ。

それが流出したのではないかと、ハルタ侯爵は考えたのだろう。

興奮冷めやらぬハルタ侯爵に目配《めくば》せをしてから、ヴィーチャが俺に向き直る。

「『穢結石《インピュアリティ》』というと、瘴気《ミアズマ》の結晶だろう？　それこそ、☆1には手に入れにくいんじゃないのか？」

「おそらく、魔王事変で連れ去られたこの国の☆1市民が、モーディア皇国を脱走したと推測しています」

俺の返答に、面々の顔が曇る。

モーディア皇国が強行偵察の尖兵として送り込んでくる部隊と戦う際、時折『悪性変異兵《マリグナントソルジャー》』に遭遇することがある。

彼らのほとんどは……魔王事変の際に連れ去られたエルメリアの☆1である。

『穢結石《インピュアリティ》』を押し込まれ、拷問《ごうもん》と洗脳、魔法による精神汚染を繰り返されて、彼らは兵器として仕上げられる。

憎しみや絶望、苦しみが多ければ多いほどに、瘴気《ミアズマ》による汚染と『穢結石《インピュアリティ》』が結びついて、強力な『悪性変異兵《マリグナントソルジャー》』になるらしいと、捕虜にしたモーディア皇国の研究者から聞いている。

その聞き取りには俺も参加したが、話を聞くだけで何度か殺してやろうと思った。

何せ、そいつはフェリシアの弟を『執行者』へと作り替えた張本人だったから。

最終的に、そいつは嬉々《きき》としてどうやって心を壊したかを語りはじめたので、記憶だけ引き抜いて精神を破壊した。

王の見ている前で禁呪を使うことになったが、お咎《とが》めはなしだったな。

「どういった経緯かは、今調べています」

「調べてって……モーディア皇国に入るのは難しいはずだが……」

ヴィーチャが首を傾げる中、かさり、と俺の手にどこからともなくメモが渡される。

グレイバルトの奴、すでに何か掴んで戻っていたか。

「……ッ」

メモを確認して、少しばかり心臓が跳ね上がるのを感じた。

だが、なるほど。少し見えてきたぞ。

これが、『トゥルーマンズ』のリーダー、ロータスの正体か。

「今しがた、わかりました。モーディア皇国は☆１の【勇者《ゆうしゃ》】スキル持ちを使って、特別な『悪性変異兵《マリグナントソルジャー》』を作ろうとしていたようです。……グレイバルト、この場で報告を頼めるか」

「承知いたしました」

全員の意識が俺に集中する中、死角となっている部屋の隅に、使用人に変装したグレイバルトが姿を現す。

さっきまで同じ衣装を着た魔法人形が立っていた場所だ。

……いつの間に入れ替わったんだろう。

優雅に南方風の貴族礼をとって、グレイバルトが口を開く。

「では、僭越ながら。少人数で短期間の調査となりましたので、信憑性《しんぴょうせい》はやや低下することをご承知ください。資料類に関しては、拝借してきましたので、後ほど提示させていただきます」

「ええと、彼は……？」

ヴィーチャの視線が俺に向けられる。

さて、どう紹介したものか……どこまで明かしていいかわからないので、グレイバルトに丸投げしてしまおう。

そう考えて、ちらりと視線をグレイバルトに送って、頷いた。

彼はそれに頷き返して、今度はエルメリア式の貴族礼を取る。

「失礼いたしました。私はグレイバルト・ディ・メリゼーと申します」

ハルタ侯爵がその名前に反応を示す。

「メリゼーというと、あの……？」

「はい。『砂梟《スナフクロウ》』のメリゼーでございます、ハルタ侯爵閣下。もっとも、今はメリゼーの家督を放棄し、賢人アストル様に師事する一生徒でありますが」

グレイバルトの名前に含まれる『ディ』は、ザルデンにおいて貴族位を放棄した者で、かつ円満にそれが行われた者が名乗ることができる、いわば身分保障のようなミドルネームだ。

貴族ではないが、元貴族であり、その血族であることを保証する独特のシステムらしい。

エルメリアでは、貴族位を捨てれば家名も消えるので、なかなか興味深い。

「昔の知己を頼り、モーディア皇国へ潜入して参りました」

「頼りになる。かの国の内情についても後で教えてくれないか？」

「陛下、それを私に命じることができるのは、賢人アストル様のみです」

失礼ともいえるはっきりした物言いで、グレイバルトが答えた。

それを聞いたヴィーチャは、怒るどころか口角を少し引き上げる。

「アストル、口の堅い最高の密偵じゃないか。もしかして、今日の私の下着の色まで知っているんじゃないだろうな」

「失礼ながら、陛下は白の下着しかお召しにならないと報告に上がっております。今日のワンポイントは獅子《しし》でしょうか、鷲《わし》でしょうか」

グレイバルトの言葉にギクリとした様子で固まったヴィーチャが、笑みを凍り付かせた顔でこちらを見る。

俺の指示じゃない。こいつは〝なんだって知っている〟んだ。

「冗談はさておき、報告を続けます。ロータスという例の青年ですが、年齢は二十一歳……アストル様やヴァーミル侯爵閣下と同じです。出身地は、バーグナー領の領都であるということがわかっています」

「我が領の元領民だというのですか……！」

ミレニアが眉をひそめる。

バーグナー領都《ガデス》の出身ということで、責任を感じているのだろう。

「詳細は確認できませんでしたが、『降臨《こうりん》の儀《ぎ》』で【勇者】スキルを付与され、教会でもその扱いに困っていたようです」

「……領主側には報告が上がっていませんでしたが」

困惑した様子のミレニアに、グレイバルトが補足する。

「前バーグナー伯爵《はくしゃく》がその報告を無視、あるいは破棄したようです」

まったく、あのタヌキ親父……そういうことをするから、後で話がややこしくなるんだ。

「その後、教会によってスキルを隠蔽《いんぺい》された上で放逐《ほうちく》、監視されていたようです。その段階で『カーツ』……ひいてはモーディア皇国の興味を引いていたのかもしれません」

「【勇者】スキルがあるからこそ、生かされていたという可能性は？」

俺の挟んだ質問に、グレイバルトが小さくうなずいて返す。

「大いにあり得ます。人体実験の材料としては希少ですからね」

【勇者】スキルは研究が進んだ今でも、その実情が不明なスキルだ。

肉体の強化、内包魔力《マナ》の増強、ユニークスキルに似た力の発現など、その内容は多岐にわたる。

システィルもいろいろと研究に協力したらしいが、結局のところ、わかったのは【聖剣《せいけん》】スキルの制御に【勇者】スキルが関与している――程度のことだったらしい。

ただ、【勇者】というのは、この世界において何か危機が起きた時、自動《パッシブ》に作動する何かだと俺は推測している。

危機に立ち向かい、乗り越える要素を含んだスキル……つまり、『淘汰』に対するカウンターなのではないだろうか。

「魔王事変までは、他の☆1と同じくスラム区域で日雇い労働をして生活していたようですが、アストル様が暗黒竜アズィ・ダカーを討伐された頃に姿を消しています。詳細は不明ですが、モーディアか『カーツ』か、どちらにせよ、教会関係者によって攫われたと考えます」

「☆1の可能性について気付いたか」

ヴィーチャの言葉に、グレイバルトが小さく頷く。

「そう考えるべきでしょう。その段階で、『執行者』をはじめとする☆1の『悪性変異兵《マリグナントソルジャー》』の研究が完成していた……そして次は素材の質について考えはじめたのでしょう」

そう言いながら、グレイバルトはどこからともなく書類束を取り出す。

新旧様々なようで、黄ばんだものもある。

「これらの資料によると……彼は特別な『悪性変異兵《マリグナントソルジャー》』とするべく、かなり大量の瘴気《ミアズマ》に晒されているようです。通常の『悪性変異兵《マリグナントソルジャー》』の約五倍ですね」

「ロータスが人間の姿を保っているのはどうしてだ？」

ヴィーチャが当然の問いを発する。

「【勇者】スキルの影響、☆1の抵抗力……それと、起点となる精神汚染が行なわれていなかったからだと考えられます」

グレイバルトの答えに、面々はあまりピンと来ていないようだ。

「俺から説明を。『悪性変異兵《マリグナントソルジャー》』の作り方については？」

「『穢結石《インピュアリティ》』を埋め込むんだっけか？」

リックの答えに、小さく頷く。

「でも、それだけじゃない。そこに内包される瘴気《ミアズマ》の純度を上げて、増幅する作業が必要なんだ」

「念のために確認すっけどさ……どうやって、だ？」

その問い方からして、ろくでもないことだと気が付いているんだろう、リック？

「薬品や『カーツの蛇《へび》』などの魔法道具《アーティファクト》、それに禁呪指定された魔法による精神汚染。それを使って精神と魂に負荷をかけていくんだ。レベルアップと手順は似ている。☆5が〝経験〟をたくさん溜めて一気に肉体を強化するように、瘴気《ミアズマ》に耐性のある☆1に大量の瘴気《ミアズマ》を流し込んで、精神を壊す《レベルアップさせる》んだよ」

そう、たとえば――

目の前で目隠しをした最愛の姉を一晩中複数の男に犯し続けさせ、その後、身動きの取れない箱に閉じ込めて〝お前が☆1のせいだ〟と一日中箱を転がしながら責め続ける。

自分の吐瀉物《としゃぶつ》と汚物にまみれながら尊厳と心が汚染されていき、徐々に人としての在るべきバランスを崩して……そして、最後に解き放たれる。

——といった具合だ。

練りに練り込まれた苦悶《くもん》と悔恨《かいこん》と絶望が入り混じった憎悪が、形をもって理力《オド》を変容させ、瘴気《ミアズマ》に置き換わった時……『穢結石《インピュアリティ》』は歪んだ願いを叶えるのだ。

「おそらくロータスはその過程で……精神のバランスを保ったまま『穢結石《インピュアリティ》』の力を利用したんじゃないかな」

【勇者】スキルによるものか、あるいは本人の資質か。

もしかすると、この段階でレディ・ペルセポネが関与しているのかもしれない。

とにかく、ロータスは耐えてしまった。

純化していく瘴気《ミアズマ》に抵抗を続け、その精神を保ってしまったのだ。

「モーディアでの調査結果については？」

「彼を収容していた施設そのものが丸ごと廃棄されていました。おそらく、ロータスが反乱を起こし……周辺を完全に黙らせてから他の☆1を連れて脱出したと考えられます」

俺はグレイバルトに続けて問う。

「収容されていた他の人間については、どうかな？」

「リストがありました。生きていた人数は全部で六名。うち、『成功例』とされたのが　名、『調整中』とされたのが三名、そして『特殊』とされたのが一名です。もう一名については記載がありませんでした。全員が☆1で、すでに『穢結石《インピュアリティ》』を呑んでいます。全て実験番号で管理されていたので、個人名は掴めませんでした」

特殊はおそらくロータスだろう。

では成功例とは？

「グレイバルト、その研究所……何を研究していたんだ？」

「『人工の魔王』、とのことです」

会議室が凍り付いた。

いや、誰もが息を呑んで……それを吐き出せなかった。

「そんなことをしてなんになるというのだね……！」

いち早く口を開くことができたのは、ハルタ侯爵だった。

「それについては不明です。あくまで資料は研究所レベルの末端のものですから」

「賢人でもやらかさないような研究だな」

ヴィーチャの言葉に苦笑することで、なんとか俺はショックから回復する。

実際、面白がってやる奴はいるかもしれないが、『穢結石《インピュアリティ》』はリスクが高すぎる研究素材だ。

「……待て、成功例ってことは……！」

「はい、人工の魔王が誕生している可能性があります」

グレイバルトの返答に、再度全員が凍り付く。

しくじった、こんなことなら俺も胃痛止めの魔法薬《ポーション》を飲んでおくべきだった。

「それは、件のロータスではないのかね？」

こんな時も冷静なハルタ侯爵が、書類をめくりながらグレイバルトに尋ねる。

「不明ですが、ロータスについては『特殊』ではないかと考えます。詳細は不明ですが、【勇者】スキルに関するものだと考えられます。私もラクウェイン領都《マルセル》でロータスの観察と追跡を行いましたが、魔王のような存在とは思えませんでした」

「では、やはり魔王がいるのだな。それはモーディアに属すると考えるかね？」

「研究施設は破壊されていました。状況的に、あの状態であればロータスの一味……『トゥルーマンズ』に現在も属していると考えるのが自然でしょうね」

ハルタ侯爵がしきりに顎髭を触りながら、書類に内容を書きつけている。

この異常な情報を冷静に整理できるのは凄い。素直に称賛するべき点だろう。

「ロータスとその一味の情報に関しては、わかった。ここからは、アストル……君に問おう。そのロータスと『不死者の王《ノーライフキング》』とやらとの関係をだ」

ヴィーチャが鋭い視線を投げかけてくる。

「そうですね。ロータスの素性《すじょう》がわかったところで、大元の問題をまだ話していませんでしたし。

そのロータスなんですが、『不死者の王《ノーライフキング》』の尖兵になりました」

「手紙では読みはしたが……すまない、アルワース賢爵、もう一度『不死者の王《ノーライフキング》』についての説明を頼めるかな？」

レイニード侯爵の言葉に、ナナシが静かに進み出る。

「それに関しては吾輩が。まず、暫定的《ざんていてき》に『神』と呼んではいるが、正確ではない。どちらかというと、精霊に近い。言うなればアレは『意志を持った概念』だ。正式名称を『はじまりの混沌《アルコーン》』という」

「『はじまりの混沌《アルコーン》』……古代言語かな。聞いたことがない言葉だ」

ナナシが目を細めて、ヴィーチャに指を振る。

王様に向かって不敬だぞ。

「レムシリアの言葉ではないからね。言葉についての講義は、今はよしておくとして、彼らがなんたるかというと、この世界の概念を形作った創造主でもある」

「彼らといったか？　複数いるのか、そのような存在が」

「そうだとも。彼らはこの世界について当事者的で、第三者的で、無関心で、興味深く思っている」

ナナシの言葉が、言葉として矛盾《むじゅん》していることはわかる。

だが、俺はその表現がなんとなく理解できた。

彼らはこの世界を司っておきながら、どうでもいいと思っている。ただ流れゆくまま自然に任せようという意識がある。

そのため、大きな力がありながらも、『淘汰』には介入しない。

つまり、壊れたって構わないと思っているのだ。

そのくせ、ちょっとした変化には興味津々《きょうみしんしん》で、世界をひっかき回してやろうとか、どのくらいやったら壊れてしまうんだろうなんて好奇心で、騒動や災害を起こすこともある。

無邪気な興味と少しばかりの悪意が、時には自身が『淘汰』となって、自分の属する世界を侵蝕しようとすらする。

それが『はじまりの混沌《アルコーン》』などと呼ばれる連中だ。

しかし、個体差はあるらしく……俺達がまさに神と呼べるようなモノもいるにはいる。

たとえばだが……生命の存在を司る『はじまりの混沌《アルコーン》』などは、この世界から生物が死滅しないように調整もしているらしい。

「その中で『不死者の王《ノーライフキング》』と呼ばれる彼女は、我々にとって最悪だ。端的に言うと、彼女は死神ってやつなのだよ。死の恐怖と絶望そのもの。この世界の終焉を導く四人の王の一人だ」

王という言葉に反応したのか、ヴィーチャが身を乗り出す。

「四人の……王？」

「世界の終焉装置。次元のリソースを大いなる一つに還元する者。真なる淘汰をもたらす者……それが『終焉の王達《アポカリティックキングス》』だよ」

ナナシが黄色い瞳を細めて周囲をぐるりと見回す。

「彼女は、世界の東の果てを治める青白き王であり……日没と死を司る概念存在。そして終末のその時には青白い太陽を昇らせて、この世界の全ての命を死に至らしめる……そういう存在だよ」

ナナシのこの話については、俺は事前に聞いていた。

自分と対峙する相手だ……怖がってもいられないし、得たスキルの特性上、無茶をすれば俺もそれに近い能力を発揮することも可能なはずだからだ。

しかし、ここで初めてそれを聞く面々は冷静ではいられないだろう。

「して、ナナシよ。『それ』は斬れるのかの？　さすがにワシも概念というのは斬ったことがないのじゃが」

「レンジュウロウ様、まじめな話をしておられるのですよ？」

「何を言う、チヨ。ワシは大まじめよ」

チヨに窘められたレンジュウロウが、口角を上げてその獰猛《どうもう》な牙を覗かせる。

あれは確かに、まじめに楽しんでいる時の顔だ。

「アストルに関わっておれば、無理難題が降りかかることも珍しくはない。しかも今回は、世界に関わることなのであろう？　ワシはようやく連れ合いができた身での、子も欲しい。そう簡単に、この先を諦める気はないんじゃよ」

その言葉に、俺も頷いて応じる。

「ええ、その通りです。冗談や酔狂《すいきょう》で終末を弄《もてあそ》ぶような者をこのままにしてはおけません。ですので、まずはその前哨戦《ぜんしょうせん》として、ロータスと『トゥルーマンズ』の企《たくら》みを俺達で止めましょう」

「成長したなぁ、アストルも。〝俺達〟だってよ」

リックの言葉につられて、ミレニアやヴィーチャが声を上げて笑う。

俺は何か変なことを言っただろうか。

ひとしきり笑ったヴィーチャが、表情を変えないハルタ侯爵に向き直る。

笑顔のままだが、その視線は鋭い。

「では……ハルタ卿。ここまでの話で、うまくシナリオを練ってくれ。卿《けい》の古巣を引っかき回すようで悪いけどね」

「陛下。私とて『高貴なる者』の自負があります。真なる高貴たる『ノーブルブラッド』の一員として、役割を果たしてみせます。高貴なる者には高貴なる責務がありますので」

そう返答したハルタ侯爵が、猛然《もうぜん》としたスピードで資料を作りはじめるのを見て、彼も大概規格外だということを、俺は思い知った。

◆

『井戸端会議』から明けて翌日。

名目上、俺の屋敷とされている『井戸屋敷《ウェルハウス》』の前には、黒塗りの高級馬車が停まり、俺はそれを二階の自室の窓から見ていた。

すでになんとも気が重い。

この後俺は王城へと向かい、王議会に出席しなければならないのだ。

これから起こり得ることについての考察を提示し、その危険性について貴族のお歴々を納得させなければならない。

こういうのが面倒極まるので、〝金色姫〟の件は自分で処理したというのに、結局出る羽目になるとは。

「浮かない顔だね、我が主《マスター》」

「浮ついているよりはいいだろう？」

「上手い返しだけど、大丈夫なのかね？」

机の上には、ハルタ侯爵が書き上げた『報告書』がある。

ほどほどに真実と脅《おど》しが含まれた、実に良い筋書きだと思う。

この書類を元にして、王議会で答弁を行うわけだが……これがあるなら、俺は出席しなくてもいいんじゃないだろうか。

この通りに議会を通してくれればそれでいいと思うけど。

「王城に行くのが初めてってわけじゃないけど、良い思い出はないし……正直に言って、俺はこの国の議会貴族をあんまり信用していない」

「同感だよ。いっそのこと、ヴィクトールが強硬《きょうこう》なワンマン王政を敷いてくれれば、やりやすいんだけどね」

暴論だが、ここに至ってはそれがスピーディで良いと考えてしまう。

現在エルメリアで採用されている議会王政は、数代前の善政で有名な王が敷いたシステムだ。

決定権は王にあるものの、議論の余地はいつもある。

問題や議案を、王を含む高等貴族の集会――『王議会』で話し合って全体的な方向性を決めるというこのシステムは、貴族のみならず、国民にも受け入れられた。

中央の玉座におわす王の目には、端《はた》の事情などなかなか映るものではない。

だが、この方法であれば、その地の領主が申し出て、議題として挙がりさえすれば、市井の意見も王の耳に入れることができるのだ。

平和な治世の世にあって、これは非常に好意的に受け入れられたし、実際に国は豊かになった。

だが、問題として、重要な事案は王議会を通さねばならないという暗黙の了解ができてしまい、貴族達の力が増して、王権が些か揺らぐ結果となった。

そして、現在……即断即決のリーダーシップが求められるこの時代において、王議会の存在は大きな足枷《あしかせ》になりはじめている。

「さて、行こうか、ナナシ。俺の格好に変なところは？」

「馬子《まご》にも衣裳だね。服に着られている感は否めないけど、よく似合っているよ」

「どっちなんだ……」

「ユユ嬢なら似合うと言い、ミント嬢なら笑いをこらえているところかな」

……だいたいわかった。

まぁ、今日の服はヴィーチャが用意したものだ。

これを着て登城しろと言われたのだから、これでいいのだろう。

小さく息を吐き出して、部屋の扉を開ける。

王議会に付き合ってくれる井戸端のメンバーは、ヴィーチャ、ラクウェイン侯爵、レイニード侯爵、それにハルタ侯爵だ。

ミレニアやリックは高位貴族とはいえども新参者とされ、まだ王議会に出席する権利がない。

王議会を構成する貴族も王議会で決定されるために、新世代をメンバーに入れたくない議会貴族達がその出席を認めないのだと聞いた。

それだけで、この国の議会貴族達に危機感が足りないのがわかる。

彼らが危機感を覚えているのは自分の地位が脅かされるかどうかであって、国そのものに関してはあまり興味がないのではないかという印象すら受けてしまう。

「おはよう、アストル君。こうして君と馬車を共にして王城に向かうのは、二度目だね」

わざわざ馬車を降りて俺を出迎えてくれたのは、ラクウェイン侯爵だ。

本来、俺が馬車の前で片膝をついて尋ね、ラクウェイン侯爵が同道してよいと許可をするのがしきたりのはずだが……フランクが過ぎる。

俺の緊張をほぐすためにこうやって出迎えてくれたのだろう。

ともに馬車に乗り込み、走り出す感触を体で感じながら、俺はラクウェイン侯爵に頭を下げる。

「あの時は、お世話になりました」

「あの時も君に命を救われたのだよ。どうも私は借りを作りすぎているようだね」

「そんな！　俺は侯爵閣下にずいぶんと助けていただいていますよ」

今回も含めて。

「さて、前回王城に行く際……私は君に余所行きを装ってくれと言ったが、今回は言わないこととする」

「……？　何故です？」

「君にとっては大変頭の痛い話だと思うが……君の〝設定〟を考えてみたまえ。少しくらい傍若《ぼうじゃく》無人《ぶじん》でもいい気がするだろう？」

俺の……設定？

「言い方を変えようか？　アステリオス・マギ・アルワース賢爵」

「あっ」

ヴィクトール王の補佐兼相談役の賢人にして、王家の傍流血族《ぼうりゅうけつぞく》。

エルメリア王位継承権第七位の☆1貴族……それが、俺の〝設定〟だった。

「忘れていたようだね？」

「ええ、すっかり。そういえば、遺憾ながら俺もエルメリアの貴族でした」

「貴族にあるまじき発言だが、立場上仕方あるまい。ま、最初は〝魔導師《マギ》〟アストルとして出席したらいい。困ったら、こちらから助け舟を出すから……後は、設定に忠実に、ね」

しかし、それは諸刃《もろは》の剣《つるぎ》だ。

『ノーブルブラッド』という貴族至上主義の人間は、『カーツ』に属していなくとも、☆至上主義であるきらいがある。

貴族で、そして押し付けられたとはいえ王位継承権を持っている☆1など、彼らにとっては混乱を通り越して怒りの対象になるだろうというのは、容易に予測がつく。

「できれば、顔出しは勘弁願いたいんですけどね」

「変装すればいいだろう？」

姿を消していたナナシが俺の肩に姿を現す。

「もう変装している時間はないぞ」

ラクウェイン侯爵が小さく苦笑する。

「なに、我が主《マスター》なら可能だとも。〈変装《ディスガイズ》〉の魔法を使えばいい」

「……ああ、そうだな。だが、今回は素顔でいこう。ここまで来て怖気《おじけ》づいてもいられないしな。ただし、俺は王議会に良い印象を持ってないので……ちょっと態度が悪いかもしれませんよ？」

「ほどほどに頼むよ。老人達は狭量《きょうりょう》で気が短く……生《お》い先《さき》も短いんだ」

生い先が短いなら、なおさらさっさと答えを出してもらった方が良いな。

議論するだけ無駄なことを議論するなんて、それこそ人生の無駄遣いだ。

そもそも、今回の件……俺達人類には徹底抗戦以外に選択肢などないのだから。

◆

「……以上が、本案件に関する概要だ。質問がある者は？」

そうヴィーチャが見回す巨大な楕円形《だえんけい》のテーブルには、十五人の貴族が座っている。

全体的に年齢は高い。

本来、その席を託《たく》すべき後進が魔王事変の際に死去したためだ。

それでも新世代に議席を譲りたくないと、現状にしがみついている姿は、なんとも言えない。

あのような事件で国が一度滅ぼされかけたというのに、いまだに一丸となれないでいるのだ。

とはいえ、☆１である俺がその貴族達の顔をじろじろと見ることがあれば、不敬だなんだと騒ぎはじめるかもしれない。

俺は目を伏せつつ……〈監視の目《ウォッチャーアイ》〉を張り付けて、議会の様子を俯瞰《ふかん》している。

王の隣に控える宮廷魔術師長のレプトン卿はそれに気づいているらしく、時々アイコンタクトを送ってくるが、俺にどうしろというのか。

「事実なのですか？　〝魔導師《マギ》〟に謀《たばか》られているのでは？」

「資料の通りだ。こちらの混乱を誘発するために〝魔導師《マギ》〟の名を騙っているにすぎない。本人に確認済みだ」

少しふくよかなリーポス伯爵の質問に、ヴィーチャが自ら答えた。

「たかがゲリラの行動に騒ぎすぎではないですかな？　しかも☆1なのでしょう？」

痩せぎすで髪の薄いエンカール伯爵が、鼻を鳴らしながらヴィーチャを見る。

「充分な被害が出ているし、相手はモーディアの決戦兵器となっていたかもしれない者達だ。たかが☆1と侮っていては、痛い目を見ることになるぞ」

「そもそも、この……『悪性変異兵《マリグナントソルジャー》』ですか？　これが☆1によって生まれる魔物というのは本当ですかな？　信頼に値する資料も提示されていないようですが。王国として対応するのであれば、我々を納得させるだけの確証が欲しいですな？」

そう言って、エンカール伯爵が俺の方をチラリと見た。

示し合せたように、貴族達の視線が俺に向く。

見世物になっているようで、気分はあまりよくない。

「それで？　彼が例の〝魔導師《マギ》〟ですか？　☆1の？」

リーポス伯爵の実に不躾《ぶしつけ》な視線が、俺に注がれる。

俺が椅子に座っていることすら気に食わない……そういう態度だ。

まぁ、この部屋の床は良い絨毯《じゅうたん》が敷いてあるので、床に座れと言うならそれもやぶさかではないが……そういう問題ではないだろう。

「そうだ。アストルは学園都市《ウェルス》の賢人でもあり、先の『障り風邪』特効薬大量生産も彼の発案によるものだ」

助け舟のつもりか、ヴィーチャが俺のことをそんな風に紹介する。

それを聞いた高位貴族たちが小さくざわめいた。

「まるで信じられませんな。身の丈に合わない装いの☆1がこの議会室にいること自体、問題と感じますが？」

「まことにその通り。陛下は直接の質疑応答を、とおっしゃられましたが……この場所で発言が許されるのは『高貴なる者』のみ」

どうもリーポス伯爵もエンカール伯爵も俺のことが嫌いらしい。

まぁ、☆1が好きな貴族というのも、そういるものではないだろうが、これでは話にならないな。

「何か言ったらどうかね？　〝魔導師《マギ》〟某《なにがし》とやら」

「然《しか》り、然り。何も意見がないなら退出せよ。空気が澱《よど》むのでな」

おいおい、リーポス伯爵様よ……あなたの言によると、この場で俺は発言が許されていないのでは？

ちらりと、ラクウェイン侯爵に視線を送る。

ヴィーチャの顔を直接見るのは、この場では不敬にあたる。

ここは、俺をこの場へと帯同したラクウェイン侯爵の判断を仰ぐ場面だが……

「よい、発言せよ」

苛立《いらだ》ちをにじませたヴィーチャが、直接許可を出した。

その様子に、リーポス伯爵とエンカール伯爵の両者が、よく回る口を噤《つぐ》んだ。

椅子を立ち、小さく咳払いをしてから俺は口を開く。

「では、お言葉に甘えまして。本件は資料にあります通り、『トゥルーマンズ』なる組織を中心として起こると考えられる大規模災害を回避するための備えを要請するものです」

「魔王の因子によって改造された☆1の集団との記載があるが、貴様も☆1であろう？　奴らの仲間でないと何故言える？」

早速リーポス伯爵が口を挟んでくる。

「魔王がこの国を奪取した際、☆5の王国貴族の多くがその手助けをしていたそうですが……現在この国の☆5が魔王の手先でないという保証がありますか？」

「無礼だぞ！　☆1風情《ふぜい》が！」

俺の言葉に青筋《あおすじ》を立てて、唾《つば》を飛ばしたのは、マッコーニー公爵閣下《こうしゃく》だ。

ちょっとばかり太りすぎの彼は、『着飾《きかざ》ったウシガエル』という面白おかしいあだ名をつけられており、数年前に起こした重大な失敗から僻地《へきち》へ飛ばされた、前国王のはとこだ。

しかし、僻地にいたおかげで魔王事変を免《まぬが》れたのだから、人生はわからない。

「これは失礼しました。しかし、私を疑うということは、そういうことです。……話を進めます。魔王この組織の背後にいるのはモーディアではなく、『不死者の王《ノーライフキング》』と呼称される超越存在です。魔王や竜、あるいは神に比肩《ひけん》する相手であり――」

「待て、何故モーディアではないと言い切れる！」

またか、公爵閣下。

資料にはちゃんと目を通したのか？

節穴《ふしあな》っぽい目だとは思うが、いい加減話の腰を折るのはやめてほしい。

「資料をご確認されては？」

俺が言うより先に、ハルタ侯爵が指摘する。

慌てた様子のマッコーニー公爵だったが、すぐに向き直って俺を指さす。

人を指さしちゃダメだって、親に教えられなかったのだろうか。

貴族はさしてもいいのかもしれないけど。

「し、資料はいい。案件の提起者の口から話が聞きたいのだ」

「……脱走兵が脱走元と通じ合いますか？　攫われて、追い詰められて、拷問されて、あまつさえ人であることすら奪った相手と？」

「☆1であればあることだろう？　家畜よりも下賤《げせん》で浅薄《せんぱく》な連中だぞ」

目の前に☆1がいるのに、よく言えるな。

いや、俺に向かって言っているのかもしれない。

なるほど、人間としてカウントされていなかったか……

しかし、こうも脳が藁に置き換えられているような人間に浅薄と言われると、さすがの俺も少しばかり辟易《へきえき》してしまう。

「マッコーニー公爵。それは……私に対しての言葉と受け取っていいのかな？」

黙っていたヴィーチャが、ゆっくりとした口調で問う。

表情は王様然としたポーカーフェイスだが、少しばかり圧が強い。

「ん？　どういう……？」

「私が国内の☆差別改善に着手していることは、当然知っているだろう？」

「は？　はぁ……」

マッコーニー公爵は、心底わかっていないという顔で首を捻る。

「☆の低い者にしかできない仕事があり、彼らに頭を下げてでも頼まねばならない事業がある。学園都市《ウェルス》ではもう常識だ……我が国は遅れている」

うっすらと目を細めて、ヴィーチャが年上の公爵を威圧する。

「それを家畜に劣ると？」

「いや、そうは言っておらん」

首を横に振っているが……はっきり言っていたよな？

これが王位継承権を持つ公爵？

この国はもうダメかもしれない。

「定例であるが故に、王議会の議案としたが、この件に関しては早急迅速《じんそく》な対策が求められている。すぐにでも採決し、予算を組む。必要予算は書面にある通りだ」

ヴィーチャが机を強く叩いて、威圧するように告げる。

「これは王命だ。意見のある者は、ここで今すぐ告げよ。……ただし、本来、王に意見するということがどういうことか、よく考えてからだ。……よいな？」

王議会の会場が静まり返る。

「ど、どういうつもりか！　ヴィクトール！　このような条件、受け入れられるものではない！王議会をなんだと思っているのだ！」

真っ先に口を開いたのは、マッコーニー公爵だ。

そして、最初の愚かな犠牲者も彼に決まった。

「呼び捨てとは不敬ではないのか？　マッコーニー公爵。そして、卿は理解しておられるのか？

よく考えたのか？」

「な、何を言っておる！」

「王命だと、私は言ったのだ。この国の、王たる私がだ。それに異を唱えるということは、どういうことか……よくよく考えたのだろうな？」

ヴィーチャがさらに目を細める。

「王命だと？　王命とは王議会において承認された議案を採決し、宣言することだ。急遽《きゅうきょ》王位についた者がわがままで使っていい言葉ではない！」

「だ、そうだが？　ハルタ侯爵」

ヴィーチャが隣に座るハルタ侯爵に目配せする。

それを受けて、小さく咳払いした侯爵が、豪奢《ごうしゃ》な細工が施された丸筒を取り出した。

それを恭しく額に掲げてから封を開いたハルタ侯爵は、収められていた巻物を取り出して、広げる。

……あれは、魔法道具《アーティファクト》だ。分類としては魔導書に近いものか。

「このエルメリア王国法規範によりますと……『王議会』は諸侯の意見を取り入れ、王が判断する、とあります。そして……『王命』とは、王の発する絶対遵守《ぜったいじゅんしゅ》の命《めい》であり、エルメリア王国の民の全てはそれを拒否できない、とされておりますな」

なるほど、ヴィーチャ……そのアプローチでいくのか。

通例や慣習というものの多くは、お堅くて面倒な順序じみた諸々の煩雑《はんざつ》な手順をなぁなぁにして簡素化するためのものだ。

普通、法に則《のっと》って……なんて言い出したら、まさにお役所仕事な状況になってしまうことが多い。

だが、今回ばかりは逆だ。

これまでの通例として『王命』は王議会の中で貴族達の意見を取り入れて採択、発令されていた。平和な治世において、王が強硬な姿勢をとる必要はなかったし、貴族の意見を取り入れて調整した採択は良好な関係を築くのに一役買いもしていたのだろう。

しかし、ここで勘違いしてはいけないのは、『王議会』と『王命』は全く別のものだということだ。

「王命を何か勘違いをしているようだが……私はな、卿らにお伺いを立てているわけではない。やれと命じているのだ」

「それでは政《まつりごと》が立ちいきませぬ！」

リーポス伯爵がいきりたったように、椅子から立ち上がった。

「それも何か勘違いしているのではないか？　王国は卿らに領地と爵位を与えてはいるが、政治に口を出していいとは、ただの一文もこの法規範には記されていない。忠義に報《むく》いて、口上の機会を与えているだけだ」

強い口調のまま、ヴィーチャが貴族達を睨みつける。

「従えぬのなら、領地と爵位を返してこの地を去るがいい。止めはしない。世界の脅威に対して危機感も抱かず、高貴なる義務《ノブレス・オブリージュ》も放棄するのならば、もはや貴族などという肩書きは不要であろう？」

人材不足だと言ってなかったか？

まぁ、足を引っ張る人材は不要ではあるが……

「もう一度言う。『不死者の王《ノーライフキング》』と『トゥルーマンズ』に対する備えは、可及的速《かきゅうてきすみ》やかに行われなければならない。これは、王命である。異議がある者は、席を立って、この部屋を出ていくがいい。私に従える者は『沈黙して目を閉じよ』」

いつか、聞いたことがある。

『沈黙して目を閉じよ』とは、剣持つ王に命を預けて忠義を果たせという意味であると、ヴィーチャが言っていた。

沈黙を破ったのはやはり、マッコーニー公爵だった。

傍流とはいえ、王の血族であるという自負か、若い王であるヴィーチャに従うのは思うところがあったのかもしれない。

もし年功序列であれば自分が王座に就いていたという自負からの、敵愾心《てきがいしん》もあるのだろう。

「付き合っておれん」

そう言い残して席を立ったマッコーニー公爵は、大きく肥えた体を揺らして、どかどかと王議会室を出ていった。それに触発されたのか、リーポス伯爵やエンカール伯爵をはじめとした数人の貴族が部屋を後にする。

そしてしばしの沈黙の後……

「では、採択だ。ハルタ侯爵、例の書類を」

「ははっ」

その側ではレプトン卿が杖を振って、扉にいくつかの魔法を掛けている。

〈施錠《キーロック》〉〈完全防音《シールミュート》〉〈透視妨害《アンチクレアボヤンス》〉か……さすが、賢人にして宮廷魔術師長だ。魔法式の構築がスムーズかつ正確で、ほれぼれする。

「アストル殿……いや、アルワース賢爵。これを」

ハルタ侯爵に手ずから渡された書類には、血判を押す部分がある。

これは……神殿が発行していた魔法誓約書だ。

「ハルタ侯爵、これは……」

「魔法誓約書です。これから話す内容に関して公言しない、という文言が示されております」

確かにそう記されている。

だが、この誓約書……何かおかしい。

強制力があまり感じられないというか、魔法道具《アーティファクト》なのに魔法式が希薄だ。

粗悪品か？

そう考えて、ちらりと視線をやると、レプトン卿が小さくウィンクを俺に送ってきた。

何か考えあってのことか……では、黙っているべきだな。

「ここまで来て、王命に背《そむ》くことはありません」

真っ先にラクウェイン侯爵が針で指を刺して、誓約書に印をつける。

「私もだ。王国と世界のために」

続いて、レイニード侯爵が誓約書に指を押し込む。

残った貴族が次々と誓約書を完成させるので、俺も印を付ける。

結局、残った全員が誓約書に血印を押した。

「卿らの覚悟を確かに受け取った。では、ここからはアルワース賢爵。君の出番だ」

「私ですか？」

「ここにいる人間は信用に値すると今、証明された。エルメリアの中枢《ちゅうすう》へようこそ、〝魔導師《マギ》〟にして〝神秘者《ミスティック》〟のアステリオス・アルワース賢爵」

少し芝居がかった調子でヴィーチャが俺を示す。

「これから起こる災厄の見解と……我々に何ができ、何を求めるのか。全て過不足なく話してくれ」

真剣な瞳でヴィーチャが俺を見る。

「――……アストル。もう、君一人に全て背負わせたりしないぞ。これだけの人数がいれば、君一人分くらいの働きはしてみせる」

◆

会議終了後……ヴィーチャの宣言通り、行動は迅速かつ徹底的に行われた。

すぐさま戒厳令《かいげんれい》が発令され、各冒険者ギルドには『トゥルーマンズ』の情報提供を目的とした依頼が、次々と貼られていく。

俺が〈手紙鳥《メールバード》〉を使用してアシストしたこともあるが、その情報と依頼はあっという間にエルメリア王国全土と周辺各国に広がっていった。

また、それら依頼書には、俺とラクウェイン侯爵の記憶から作成された正確な似顔絵が添えられている。

指名手配という形をとって、情報そのものに賞金を懸けているため、冒険者達はその顔を忘れないだろう。

これには、『トゥルーマンズ』の行動を制限する意味合いも含まれている。

彼らとて、霞《かすみ》を食って生きていくわけにはいかない。

パンを買うために町に入るだけでもリスクを伴う状態にしておけば、そのうち尻尾を出すだろう
……というハルタ侯爵の考えだ。

そして、そのアイデアは的中する。

「次の報せが届いた。やはり、かの者達は王都周辺からラクウェイン侯爵領にかけてを根城にしているようだ」

「この周辺は魔王事変で被害が出たからな……廃村や廃砦も多い。全部を潰して回るには人手が足りないいな」

ヴィーチャとハルタ侯爵の話を黙って聞きつつ、状況を整理していく。

彼らがラクウェイン侯爵領内に潜伏しているであろうということは、ある程度想定していた。

地方都市で事件を起こすよりも、王都に近い場所で事件を起こした方がセンセーショナルだし、何より……彼らの目的が粛清《しゅくせい》と変革であれば、この周辺で行動するのが最も効率的だ。

「冒険者ギルドに依頼をかけて、ローラー作戦だな。ハルタ卿、頼めるか？」

「はっ。ただちに」

「じゃあ、俺はラクウェイン侯爵にその旨を伝えてくるよ」

席を立とうとした俺の肩を、ハルタ侯爵がそっと押さえ戻す。

「よいか、アルワース賢爵。貴族の腰が軽いのはいけない」

「ハルタ侯爵閣下、俺は一冒険者で……」

「アルワース賢爵、高貴なる義務を果たすべき時は来る。今は、茶を嗜《たしな》み、ここで座すことが卿の仕事だ」

低い声で窘めるハルタ侯爵の手に力がこもる。

この人、きっと武術も相当やる人だ……

「私は卿に『ノーブルブラッド』がなんたるかを、話したな？」

「ええ」

秘密結社『ノーブルブラッド』。

エルメリアに古くから存在する貴族のみが属する組織。

その結成は、建国王エルメリアの時代にさかのぼり、その時代の貴族全員がそれに属していたとされる。

その本来の目的は、貴族による相互補助と監視、そして王への忠誠。

貴族が貴族たらんとするための義務を全《まっと》うするべく、お互いに情報を共有し、助け合うことを目的とした組織だったという。

それが、どうしてもああも陳腐《ちんぷ》な組織になったのか……嘆《なげ》かわしい、とハルタ侯爵は話していた。

相変わらずハルタ侯爵の俺への当たりは強いものの、ヴィーチャが俺を王議会で正式な貴族として紹介したことから、少しばかり関係が変わった。

彼にとって俺は、もはや守るべき無辜《むこ》の民《たみ》ではなく、『高貴なる義務』を背負った『高貴なる者』であるらしい。

二言目には〝貴族は～〟と先輩風を吹かせるので少々厄介ではあるが、それでも以前のように排除しようという様子が見られないのは助かる。

それに、ハルタ侯爵は非常に優秀な人物だ。

彼が味方でいるのは、俺やヴィーチャにとって何よりありがたい。

「……わかりました。陛下と今後の課題について詰めておきます」

「そうされよ。卿には卿にしかできぬ仕事があると聞くのでな。少し人を使うことを覚えた方がいい」

そう言い残して、ハルタ侯爵は執務室を足早に後にした。

「ヴィーチャ、ハルタ侯爵は少しばかり仕事中毒《ワーカーホリック》気味なんじゃないか？」

「君が言えた義理じゃないよ。夜な夜な魔法道具《アーティファクト》を作っているそうじゃないか。あんまりやると他国に睨まれるから、ほどほどにな」

どうなるかわからないが、戦いになった際に命を守るのは、結局のところ武力であり、制圧力であることを、俺は知っている。

守るだけではジリ貧になる。

なので、俺はいつか戦場で横に並ぶであろう貴族や将校のために、魔法道具《アーティファクト》を作っている。

俺が戦いに巻き込んだのだ。

……そんな風に言うと、みんなは怒るかもしれないが、『はじまりの混沌《アルコーン》』との戦いを引き起こしたのは、俺かもしれないという意識が常にある。

「アストル先生、お耳に入れたいことが」

まとまらない考えを、紅茶と一緒に流し込んでいると、背後から声が聞こえた。

顔を向けると、誰もいなかったはずの執務室の隅に、いつの間にかグレイバルトが膝をついて頭《こうべ》を垂れていた。

王の前なので、一応の礼儀だろうが……

「君の『木菟』はどこにでも入ってくるな……」

そういう反応になるよな。

すまない、うちの生徒が。

「申し訳ありません、ヴィクトール陛下」

「構わない。もはや君に隠せるものなどないと、とうに諦めている」

「王様としてそれはどうなんだ……」

呆れる俺に、ヴィーチャは肩を竦めてみせる。

「優秀な密偵だが……どうせ通じる先が君の耳なら、知られたって構わないさ」

その信頼には、応えないといけないな。

「それで、何かあったか？」

「造反の動きありです。マッコーニー公爵と貴族数名が、密談を」

「こういう時だけ動きが早いな、ウシガエルめ」

ハルタ侯爵がいないことで些か口が悪くなったヴィーチャが吐き捨てた。

そう言いつつも、予想はしていたから『木菟』を張り付けておいたんだけど。

「どうされますか？」

安定しない国内、そしてテロリストがうろつく情勢不安がある中での反乱など、あっていいわけがない。

グレイバルトの問いには俺が答える。

「ラクウェイン侯爵のところに出かける前で良かった……。俺が行って話し合ってくるよ」

「アストル先生、ハルタ侯爵に言われたところでしょう？　軽々しく腰を上げてはいけませんよ」

いつから聞いていたんだ。

そして、生徒にまで貴族の姿勢を窘められてしまった……

「しかし、放っておくわけにもいかないだろう？」

「アストルさん、木菟は夜にはばたく音なき狩人でもあるんですよ」

その目に、暗いものを宿したグレイバルトが俺を見る。

言わんとすること、そして、俺に何を命じろと言うのかも——わかる。

「しかし、それでは……」

「よい。私が許す。いまだアルワース賢爵にその判断は難しいだろう。そして、国賊に足を掬われるわけにもいかない」

逡巡する俺に代わってヴィーチャがはっきりとした口調でそう告げると、小さく頷いたグレイバルトが景色ににじんで消えた。

完全に気配が消えるまで、俺は言葉を発せなかった。

「君の部下に出すぎた真似をしたか？」

「いや……大丈夫だ、ヴィーチャ。俺はまた、汚れ仕事を誰かに押し付けてしまったよ」

俺の独白のような言葉に、王は困ったように苦笑を返すのみだった。

復讐と革命

・・

適切に行われた処理によって、マッコーニー公爵を含む複数の貴族が姿を消した。

それは行方不明という形で周囲に情報が拡散され、やがてモーディア皇国と繋がった危険なテロ組織『トゥルーマンズ』の仕業だという情報に置き換わった。

まったく、グレイバルトめ……アフターサービスが過ぎる。

だが、そのおかげで俺達は、些事《さじ》にとらわれずに準備をすることができたのだが。

各地で着々と準備は進んでいる。

リックとミレニアの婚姻話など、宙に浮いてしまって本当に申し訳ないが……二人のためにも、こういう厄介事は早く終わらせてしまいたい。

俺はというと、週に何度かは『塔』へ戻り……日常生活を送ってはいる。

もっと帰ってやれ、とヴィーチャには言われたが、彼自身も恋人に会えていない現状でそうするのは、少しばかり心苦しい部分があった。

姉妹と一緒のベッドで眠っていると、ふとレンジュウロウの言葉が思い出された。

考えれば、レンジュウロウは俺や姉妹をよく子供扱いしたが、まさに我が子のようにも扱ってくれていた気がする。

頼れる先輩という中に、少しばかりの父性を感じていたのも確かだ。

そのレンジュウロウが言ったのだ。

子も欲しい。そう簡単に、この先を諦める気はない――と。

俺も同じ気持ちだ。

ユユとミントと共に過ごすこの先の世界に、あのような脅威を残しておきたくはない。

子供は……わからないけど、もしできたとしたら、平和な世界を歩ませてやりたい。

であれば、現状をしっかり解決していかなくては。

総力戦になった場合に備えて、システィルとダグは『井戸屋敷《ウェルハウス》』に向かっている。あと少しでラクウェイン侯爵領に到着するとのことだ。フェリシアもそこで合流してもらう予定だ。

そして、俺は現在……『井戸屋敷《ウェルハウス》』の食堂で久しぶりに母の作る朝食を目の前にしている。

「はい、召し上がれ」

「ありがとう、母さん」

「それにしても『はじまりの混沌《アルコーン》』ねぇ……。また凄いのに目をつけられて。母さん、驚いたわ」

そうは見えないが、驚いているらしい。

「『はじまりの混沌《アルコーン》』について、何か知ってるの？」

「うふふ、ヒミツ。でも、そういうことなら、きっと母さんも手伝えるわ。ダンジョンでちょっと勘も戻ってきたし」

なし崩し的に参加した小迷宮《レッサーダンジョン》『粘菌封鎖《ねんきんふうさ》街道《かいどう》』で、あの強さだ。

この伝説的冒険者である母が〝勘を取り戻す〟とどうなるんだろう。

……知りたいような、知りたくないような、複雑な気分だ。

「そういえば、他の『最前線の者達《ジ・アルティメッツ》』のパーティメンバーは？」

「その名の通り、『深淵《アビス》』で頑張ってもらってるわよ。もう少し母さんに追いついてもらわないと、連携に支障が出ちゃうし」

母さんに追いつくとか、どう考えても無理では？

「何？　母さん一人じゃ不安かしら」

「充分だよ。システィル達が着いたら、本格的に行動を開始するから」

「あの子に会うのも久しぶりねぇ。ダグ君との仲は進展したの？　母さん、あの子に花嫁衣裳を見つけてきたんだけど」

「見つけて……？」

「『深淵《アビス》』産の古代遺物《レガシー》級魔法道具《アーティファクト》よ」

魔法の鞄《マジックバッグ》から母が取り出したのは、真っ白なドレス。

装飾は少ないものの、透き通るような……それでいて光沢めいた艶《つや》やかさがある。

「どれどれ……ちょっと失礼」

机の上で無心にゆで卵をかじっていたナナシが、興味深そうにドレスを見る。

「〈鑑定《アプレイザル》〉」

ナナシが何か魔法を発動したようなので、俺も【反響魔法《エコラリア》】でそれを使う。

瞬間、母が手に持つそれが何かわかった。

「……『ジッポーラの衣《ころも》』？　えぇと、乙女が着ると……悪影響を及ぼす魔法を無効化……？」

「我が主《マスター》、情報は正確にした方がいい。正確には処女が着ていれば、だね」

「あらやだ、システィルったら、大丈夫かしら」

なんてことを言うんだ、大丈夫に決まってる。

婚前交渉なんて、お兄ちゃんは許さないぞ。

「……どの口がそれを言うのかね」

「……口には出していないぞ、悪魔め」

こういう時、〝繋がり《リンク》〟というのはなかなか厄介である。

「しかし、衣装としては絶対に汚れない白を保つらしいから、花嫁衣裳には良いかもしれない。きっと喜ぶ」

「ちょっとシンプルすぎるかしらと思ったけど、あの子のなら、このくらいでちょうどいいと思うのよね」

三人で食後のお茶と歓談を楽しんでいると、突然、母が笑顔のままフォークを弾《はじ》いた。

壁に突き刺さったフォークのすぐ側に……グレイバルトが姿を現す。

「あら……どなたかしら？」

「母さん、グレイバルトだよ。俺の友人だ」

今度はバターナイフを弾こうとしていた母の手を止めて、俺はグレイバルトに手招きする。

「扉を開けて普通に入ってくればいいのに」

「すみません、アストルさん。姿を同化させるのに慣れてしまいまして……」

職業病ここに極まれりだが……母だと、初撃で息の根を止めにかかりかねない。

「母さんがいる時は、姿を現した方がいい。そのうち手元が狂うかも」

「肝に銘じます。報告があってまいりました」

ポーカーフェイスのグレイバルトだが、彼が食事時に姿を現すのは珍しい。

何か緊急の要件に違いない。

「ロータスの潜伏先がわかりました」

「早いな……！　もう掴んだのか」

『トゥルーマンズ』は元から潜伏の上手い連中だった。

そう簡単に見つけられるとは思っていなかったが……さすが『木菟』というところか。

「以前、アストルさんが立ち寄られた寒村、あったでしょう？」

「ああ」

嫌な予感がする。

『障り風邪』で命を落としかけていた妹と、彼女に食べさせるためと危険を冒して雪砂糖を買いに来た兄……その二人がつつましく暮らす、あの故郷に似た村。

「まさか……！」

「はい。あの村こそが、現在のロータスの潜伏先です」

「どういうことだ？　なんだってあの場所に」

俺の疑問に、グレイバルトが淡々と答える。

「発見も偶然でした。担当調査員は、あの兄妹の定時調査に行っただけだったのですから」

グレイバルトによると、本当に偶然の発見だったらしい。

変わったことがあれば報告を上げるようにと、兄妹には定期の監視がついていた。

直近の訪問で村の雰囲気の変化に気付いた『木菟』が監視をしていたところ、『トゥルーマンズ』を発見したとのことだった。

「潜伏先としては居心地がいいでしょうね。あの村は☆1や☆2しかいませんから」

「ヴィーチャに報告を。あと……」

すぐに向かう、と言いかけて思い留まる。

そうやって飛び出していては、今までと同じだ。

「策を練る。悪いけど、すぐ来られる人間を集めて、この屋敷に向かわせてくれ」

「承知いたしました」

今度は扉から出ていくグレイバルトを見送りながら、内心ひどく焦《あせ》っている心を落ち着かせる努力をする。

考えようによっては、もしかするとロータスの挑発行動かもしれない。

ロータスは、良くも悪くも直情的で話の通じない奴だったように思うが、背後にはレディ・ペルセポネがいる。

少しばかり悪い方に頭が回るようになっていても、驚くことではないだろう。

「母さんはどうしようかしら」

「そのままで。申し訳ないけど、『最前線の者達《ジ・アルティメッツ》』と〝業火の魔女《ブレイズウィッチ》〟のネームバリューを借りるよ」

「いいわよ？」

モーディアとの戦線維持で、現在この国は少しばかり兵力が足りない。

治安を維持するために必要な人員すら不足しているくらいだ。

しかし、こと今回のような小規模な戦闘が予想される場面では、母みたいに尖《とが》った能力を持った戦闘員がいることで、作戦行動への説得力が増す。

「しかし……これは少々まずいかもしれないね、我が主《マスター》」

「わかってる」

「母さんはわからないわ。わかるように説明してくれないかしら」

一通りの事情は説明してあるが、母はピンと来ていないようだった。

「あの場所を潜伏先に選んだのは、単に姿を隠しやすいだけではなく……☆1が多くいるというのもポイントだったと思うんだ」

「つまり、実験してるかもしれない、ということね？」

母に頷いて返しながら、最悪の事態を想定する。

『トゥルーマンズ』は実験用の『穢結石《インピュアリティ》』を持ち出している可能性が高い。自分達に使われたのだから、当然、それの使用方法も知っているだろう。

だが、今まではそれを使ってこなかった。

それは調査で判明していることだ。

どこかの町で略奪行為を働いたり、☆1の解放と称して貴族や商家の襲撃を行なったりしても、該当する☆1に『穢結石《インピュアリティ》』を使った形跡はなかった。

数が少ないのか、あるいはそれが悪いものだと知っているのかも不明だが、とにかく☆1は『トゥルーマンズ』に加わっていない様子だった。

おかげで、謂《いわ》れのない報復を受けた☆1が住民などに殺される事件があったり、危機感を覚えた者が雇っている☆1を解雇したり追放したりすることはあったが。

「これまでは大丈夫だったからと言って、これからも大丈夫とは限らない。すでに彼女は動きはじめたのだから」

ナナシの言葉は妙に実感がこもっていた。

やはり、ナナシはペルセポネと何か関わりがあるようだ。

「とにかく、戦闘も視野に入れた作戦の構築が必要だな」

あの素朴な兄妹の顔を思い出しつつ、ロジカルに思考していく。

人の心は理屈では量れない。

特に☆1は今まで虐げられ、軽んじられ、排されてきた。
☆1の少年――ベンウッドだったか――が砂糖を買っただけで、往来の真ん中で暴行を受けるくらいに。
それ故に、彼ら《☆1》の力への渇望《かつぼう》はきっと強い。

世の中をひっくり返せる力が欲しいか、奴らを見返したいか……という甘言《かんげん》は、強い魅力をもって響いてしまうだろう。

「我が主《マスター》、君にならわかるはずだろう?」

「ああ、そうだな」

どれだけ実績を積んでも、どんなに努力しても……☆1だというだけで、世間は評価をしない。

俺とて、過去にはその渦中《かちゅう》にいた……いや、今もか。

世界に☆1を認めさせる。

それは、☆1にとっては渇望するべき変革だろう。

しかし、それに強い痛みを伴わせるわけにはいかない。

そんなことをすれば、☆というカテゴリーで人同士の争いが起きてしまう。

時間はかかるかもしれない。

それでも、穏やかな認知による変革を、俺は望む。

俺の周りの人達が俺を認めてくれたように、学園都市《ウェルス》から発信される☆1の真実が、全ての人にとって当たり前になり、お互いを認め合える……そんな日を待ちたい。

ロータスはきっと、それは俺の甘さで怠慢《たいまん》なのだと言うだろうけど。

「『不死者の王《ノーライフキング》』は世界の予定を繰り上げるつもりかもしれない」

ナナシの漠然とした不安が、〝繋がり《リンク》〟を通じて俺に伝わってくる。

「世界の予定？」

「いいかな、我が主《マスター》。これは『全知録《アーカーシャ》』にも不完全な記録としてしか存在しないことなのだが……君と母君になら話してもいいだろう」

何故そんな情報をナナシが知っているのか。

聞くだけ野暮《やぼ》だし、尋ねてもはぐらかされるだろうから、黙って耳を傾ける。

「この世界に予言された滅びはこうだ。まず、西の果てから最初の王が現れる。彼は『弓持《ゆみも》つ白《しろ》き王冠《おうかん》の王《おう》』と呼ばれる。彼の司る力は『支配』だ。つまり、王の中の王としてこの世界の全てを統治する。次に、南の果てから王が現れる。彼は『赤《あか》き剣持《けんも》つ血《ち》の王《おう》』と呼ばれる。彼は『闘争と戦争』をこの世界にもたらす」

「戦争なら、今まさにモーディアと起きているじゃないか」

「そんな生易しいものじゃないよ。全ての人間が戦争に参加するんだ。白と赤の陣営に分かれてお互いを滅ぼし合う、大戦争が起きる」

考えられない規模だ。

そしてそれを引き起こしてしまえるのが『はじまりの混沌《アルコーン》』たる由縁《ゆえん》か。

「その戦いに決着がつく頃、北の果てから『麦《むぎ》を天秤《てんびん》にかける黒《くろ》き王《おう》』が姿を現す。この王は得体が知れない……。世界中の全ての麦や水、動物の口に入るものをことごとく腐らせるとされている」

ナナシの頭蓋に表情を変化させる機能は備わっていないが、彼がひどく無表情に見える。

淡々と、歴史を振り返っている史学者のような佇《たたず》まいが、小さな体から発せられている。

「人々は飢《う》えて衰退《すいたい》し、最後に……東の果てより『青白き不死者の王《ノーライフキング》』が飢えた『夜の獣』を率いて押し寄せて、世界の命という命を終わらせる」

一旦言葉を切って、ナナシはコーヒーを一口飲む。

そして、俺達をテーブルの上から見上げて言葉を続けた。

「これがレムシリアという世界の崩壊プランだ。『終焉の王達《アポカリティックキングス》』によるこの世界の終わりだよ。まだずっとずっと先の予定だった。それなのに、何もかもをスキップして、いきなり『不死者の王《ノーライフキング》』

が現れるなんて……吾輩にも予測不能だったよ」

ナナシの語る話に、俺は言いようのない恐怖を感じた。

レディ・ペルセポネと目が合った時に感じた、絶望に似た押し潰されるような恐怖。

これが、滅ぶということの本質的な恐怖なのだろう。

「世界だって、永遠ではない。やがて終わりが来る。だけどそれが訪れるのは、もっと先のことだったはずだ。今ではない」

「あなたって、物知りなのね？　ナナシ。母さん、とっても勉強になったわ」

「ものを知っているのではないですよ、レディ。吾輩は、ただ識《し》っているのです」

ナナシの返答に小さく笑って、母が俺に向き直る。

「さ、それじゃあ準備しましょ？　母さん、頑張っちゃうから」

〝業火の魔女《ブレイズウィッチ》〟がにこりと笑って、両手をポンと合わせた。

◆

グレイバルトの報告を受けて、主だった『井戸端会議』のメンバーがすぐさま『井戸屋敷《ウェルハウス》』に駆けつけてきた。

ヴィーチャも秘密の通路を使って現れ、会議室に入った。

「ヴィーチャ、状況は把握してるんだろう？」

「宮廷魔術師の特殊な【遠見《とおみ》】持ちに観測させた。少しまずいことになっている」

俺の問いに答えながら、ヴィーチャが報告書にもなっていないメモの束を投げてよこす。

ざっとそれに目を通したが……内容は、俺にとってあまり芳《かんば》しいものではなかった。

メモには〝住民は武器を携えて戦いの準備をしている〟〝統制された動きをしている〟などなど、あの素朴な村には似つかわしくない言葉が並んでいる。

「武装している……？」

「ああ、農村部でも野獣退治にそういった装備を持つことは珍しくはないが……どう考えても、どこかを襲撃するつもりだろう」

「あの場所からだと……最初に狙われるのはドゥルケかな」

ナナシの言葉に一同が頷く。

スィーツの町、ドゥルケ。

なるほど、あの村の住民はあの町に対して良い感情は持っていないだろう。

グレイバルトの報告によると、あの村の住民の多くは、ドゥルケに住めない☆の低い者達だという。

早い話が、貴族御用達の甘味を提供する町にスラムを作るわけにはいかないので、☆1や☆2を町の外へと追放したのだ。

そして、充分な距離の先……街道からも離れた場所に、彼らは隠れ住むようになった。

住民の誰も彼もが、ドゥルケに対して不満や恨みを抱えていてもおかしくない。

「アストル、ラクウェイン侯爵に〈手紙鳥《メールバード》〉を飛ばしてくれ」

「内容はどうする？」

通常ならばラクウェイン侯爵領内の町なのだから、兵を派遣してドゥルケを守れという指示を出すのが順当である。しかし、相手は『穢結石《インピュアリティ》』で限界突破した元勇者で、『不死者の王《ノーライフキング》』の加護を受けた人間だ。

こちらがドゥルケに兵を割いている間に、ラクウェイン領都《マルセル》を攻められる可能性だってある。

「領都《マルセル》の守りを固めろという内容で頼む。ドゥルケには王都側から兵を出して警備にあたらせる。

『トゥルーマンズ』と対峙する者の人選がまだ終わっていないというのに……！」

ヴィーチャの言葉を即座に書面にして、手紙を放つ。

ラクウェイン侯爵のことだ、すぐに動けるように準備はしているはず。

特に今、ラクウェイン領都《マルセル》は『障り風邪』の治療薬を作る拠点なので、かなりの兵力を防備として揃えている。

おそらく、ラクウェイン領都《マルセル》は大丈夫だ。

「ドゥルケに俺だけ先行していいか？」

あまり良い顔はされないだろうという予想をしていながらも、俺は口を開く。

「そうか、アストルなら魔法ですぐにでも……いや、ダメだ。また君一人に任せてしまうことになる」

「ドゥルケの菓子はうちの使い魔の好物でね。それと、その村には個人的な知り合いがいる。……わがままを言ってすまないが、先行して無事を確かめたい」

ヴィーチャに止められるが、あの兄妹のことが脳裏にちらつく。

せっかく知り合えたのだ。

何か間違いが起こらないように、なんとかしてあの兄妹に会って話をしなくては。

「戦力と時間の問題なの？　なら、母さんが行けば少しは解決できるかしら？」

それまで黙って微笑んでいた母が、立ち上がる。

確かに母がいれば、戦力的な問題の多くは解決できるはずだ。

ちらりとヴィーチャを見ると、王は苦い顔で小さく頷いた。

「わかった、二人は先行してくれ。こちらも急がせる」

「ありがとう、ヴィーチャ。わがままを言った」

「いいや、王国の問題にまた君を巻き込んだ、すまない。すぐに〝刺突剣《タック》〟ビスコンティ率いる傭兵騎士隊を向かわせるから、無茶をしないでくれよ？」

エルメリア王国の人材不足を補う形で発足された傭兵騎士隊は、固定給と出撃時にボーナスの出る準騎士の集まりである。

早い話が、戦時と必要時だけ兵役がある部隊だ。

それを率いるのがあのビスコンティというは、驚きである。

いや、彼も魔王討伐部隊の一員なのだから、待遇としては低すぎるくらいか。

「アストル、魔法で先行しなさい。そのまま知り合いに会いに行っていいわよ。母さん、ちょっとそこらの馬よりも速く移動できるから」

母が指笛を吹くと、どこからともなく蹄《ひづめ》の音が響いて……窓の外に迷宮主《ダンジョンマスター》もかくや、といった圧力《プレッシャー》を与える何かが止まった。

こんなものが王都に入り込んでいるなんて……それだけでちょっとした事件だぞ。

それは、金色に燃えるたてがみを揺らめかせて、窓の外から母を見ている。

いや、待て、ここは二階だぞ。

「『深淵《アビス》』で獲得した古代遺物級魔法道具《レガシーアーティファクト》……で、呼び出された、母さん専用のお馬さんなの。『炎《ほのお》の沼《ぬま》のアルテア』。可愛い名前でしょ？」

母は平然とそう言ってのける。

「か、母さん……あれ、異界の神獣か何かじゃ……」

つぶらな瞳は可愛いかもしれないが、どう考えても存在感がありすぎる。

「知らないわよ。でも、凄く速いんだから！　この子で向かえば、ドゥルケにはすぐ着くわ。だからアストル……行きなさい。あなたはあなたの考えで動きなさい。一人じゃないってことだけは忘れないようにね」

そうにこりと笑顔で促された俺は、席を立って一礼すると、早足に自室へと向かう。

出る準備はできている。冒険装束に着替えて鞄を掴めば、すぐだ。

「準備いいか、ナナシ？」

「吾輩はいつでも」

「頼りにさせてもらう。ベンウッドとマーヤに会いに行こう」

あの二人だけではない、穏やかな雰囲気で過ごしていた村の人々を戦いに巻き込んではいけない。

武装蜂起《ぶそうほうき》などで世界を変えるなんてやり方は、間違っている。

「跳ぶぞ」

「随意《ずいい》に」

魔法を完成させ、俺はドゥルケ郊外のアクセスポイントを地脈《レイライン》の中で探す。

すぐに見つかったが、わずかに揺らぎがある……その周辺で環境魔力《マナ》が大量に使われた証拠だ。

アクセスポイントを掴んで、引き寄せる。

次の瞬間、目の前の景色が一変した。

「……ッ」

「残念ながら、少し遅かったようだよ」

ドゥルケの町の方向には、空に昇る複数の煙が見えた。

身体強化の魔法をいくつか付与しつつ、俺は煙の上がるドゥルケに向かって駆け出す。

「これじゃ、いくら速くたって母さん達は間に合わないぞ」

「その間は吾輩達がなんとかするしかないだろう」

愚痴《ぐち》をこぼしながらも跳ねるようして、街道を走り抜ける。

ドゥルケの少し低い城壁が見えたあたりで、城門前に人だかりを確認した。

町の外へ避難してくるなんて、中はどうなっているんだ。

「あそこを突っ切っていくのはちょっと難しいか？」

「いいや、こちらに注意を引くためにも、あの中を突っ切っていこう。吾輩が魔法で声を拡張するので、そのまま住民をはねないように走り抜けるといい」

「注意を引く……？」

とにかく、何かしらの作戦があるんだろう。

ナナシを信じて走るしかない。

城門前にいる人々は、どうやら商人連中らしい。

被害が飛び火しないように、早々に馬車に荷物を積んで出てきた……って感じだな。

「――道を開けよ！　アルワース賢爵が王命にて当該都市の防衛に参上した！」

〈拡声《ラウドスピーク》〉の魔法で大声となったナナシの言葉を聞いた商人達が、待ちの入り口への道を開ける。

有効だが、その名乗りはどうなのか。

ともかく、道はできた。

恥ずかしさと焦りもあって、全速力で走り抜ける。

彼らが外にいるということは、問題は町の中で起きており、いまだにそれが続いているということだろう。

門番不在で、開きっぱなしの門を駆け抜けて、俺は煙の上がっている方へと向かう。

外に出ようとする住民の流れに真っ向から逆らう形になるため、速度は出せない。

しかし、徐々に人混みは少なくなり……やがて、やけに開けた中央の噴水広場へと到着した。

煙が上がっているのはこの一帯だ。

この噴水広場は有名で、ここを中心にしてドゥルケの老舗菓子店が軒《のき》を連《つら》ねている。

そして、そのことごとくから火の手が上がっていた。

「なんてことを。まだ足を運んでいない店もあるというのに」

ナナシの残念そうな感想を聞き流して、噴水に座る若い男を見据える。

煙の臭いに混ざって、瘴気《ミアズマ》の気配が鼻につく。

「……」

黙ったまま、男が右手を振ると、鞭《むち》のようにしなった炎が俺へと伸びてくる。

あらかじめかけておいた〈抗火《レジストファイア》Ⅲ〉の魔法が、それを散らして打ち消した。

「問答無用ってのは、穏やかじゃないな」

そう呼びかけると、若い男は面倒くさそうに応えた。

「あんたァ……魔法使いか？」

どんよりとした声に、虚《うつ》ろな瞳。

スラムの裏道の奥で酔い潰れている男の方が、まだしゃっきりしてそうだ。

「そういうお前は『トゥルーマンズ』か？」

「あァ？　知ってるのか。そうだ、〝煙火《えんか》〟のレザニアという名をもらった」

「もらった？」

「誰だかァ、わかんねぇんだよ……頭をいじくられてよ。色もわかんねェし。でもよォ……炎の色はよく見えるんだァ……キレイだなァ……！」

立ち上がり、オーケストラの指揮者のように体や腕を振るレザニアという青年。

魔力《マナ》が周囲を震わせるのが直感的にわかった。

これ、魔法じゃないな。

【反響魔法《エコラリア》】が反応しない。

ユニークスキルか……あるいは、精霊使役みたいなものだろう。

しかし、詠唱もなしにこの規模の炎を操るなんて……母さん並みに火が好きな奴だな。

降り注ぐ炎の雨を〈水の障壁《ウォータースクリーン》〉と〈抗火《レジストファイア》〉で防御しながら、俺は腰の魔法の小剣《オーティア》を抜く。

「もえろォー。全部燃えろォー……ああ、甘い匂いがする。燃やせば燃やすほど、いい匂いがするゥ」

俺を見ているのか、見ていないのか。

いや、積極的な攻撃行動がないところを見ると、気にしていないのかもしれない。

「やめろ！　町を燃やしてなんになる」

「ロータスがよォ……そうしたいって言うなら、そうするだろォ？　普通」

「普通は人が住んでるところに火を放ったりしないんだよッ！」

「☆1以外は人じゃねェ……！　邪魔する奴もなァ！」

敵として認知されたのか、周囲で巻き上がる炎が生き物のように俺へと向かってくる。

「〈雲散霧消《ディサペイト》〉！」

ナナシの魔法が発動する。

……が、炎の勢いは少しばかり弱まっただけで、消えたりはしなかった。

「……環境魔力《マナ》を延焼させて操っているだけか。魔法で打ち消すことは無理そうだ」

「やっぱりか。防御魔法の維持に回してくれ」

「承った、我が主《マスター》」

俺は燃え盛る炎をステップで回避しながら、〝煙火〟のレザニアへと迫る。

だが、近づくにつれて違和感が増していく。

眩暈《めまい》、吐き気、そしてひどい倦怠感《けんたいかん》。

「我が主《マスター》、離れるんだ！　近寄ってはいけない」

そう耳元で叫ばれて、俺は力いっぱい後方へ跳んだ。

これで振り出しに戻った。しかしその代わりに、体の異常が収まっていた。

「……一体、どんなトリックだ？」

「魔力《マナ》だよ。おそらく、あの男……魔力《マナ》に着火して操る力を持っている。もし掴まれでもしたら、体内魔力《マナ》に火をつけられてしまうかもしれない」

さっきの異常は、体の魔力《マナ》に火種を送り込まれていたからか。

「惜しい、惜しいィ……もう少しで、綺麗に火をつけられたのによォ」

粘《ねば》り気《け》のある笑みを浮かべながら、〝煙火〟のレザニアは炎をこちらへ放つ。

先ほどよりも周囲の火の勢いが増しているためか、放たれた炎は〈火球《ファイアボール》〉よりも大きい。

「そういえばよォ、魔法使い。お前の名前、聞いてなかったわ」

「名乗る必要が？」

「相手が名乗ったらよォ、名乗り返すのが礼儀だろ？　☆1には名乗らねぇってか……？　これだからテメェらはよォ……」

勝手に解釈して勝手に炎の勢いを増す〝煙火〟のレザニア。

「勝手に話を進めるな。俺だって☆1だ」

「嘘をつけェ……そんな風に良い服を着た☆1がいるか。魔法だって使うしよォ……」

「大きなお世話だ……！　俺は〝能無し〟アストル。冒険者だ」

俺の言葉に、〝煙火〟のレザニアが少しばかり動きを止めた。

その目に、少しばかりはっきりした光が灯る。

ただし、狂気にまみれているが。

「アストルゥ？　お前がァ……？　〝魔導師《マギ》〟アストル……ゥ？　ハハ、ハハハハハハハッ！　俺はツイてる！　ロータスの敵！　☆1の裏切り者……！」

「裏切ったつもりはないがな！」

狂ったように笑いながら、〝煙火〟のレザニアが体全体をうねらせる。

それに合わせて、広場中の炎が渦巻《うずま》き押し寄せるようにして俺へと向かってくる。

少しばかり、これはまずいか？

「燃やす、燃やそォ！　良い色になって燃えろよォ！」

迫りくる炎を見据えつつ、俺は足を踏み下ろしてブーツに仕込まれた魔法道具《アーティファクト》を発動させる。

ふわりと跳び上がった俺は、近くの建物の屋根へと着地して、その上を駆けた。

……試作品だが、効果は充分なようだ。

フェリシアがあんまり楽しそうに跳ねるもので、なんとか再現できないかと遊びで作った魔法の靴だが、魔法使いが戦闘時に大きく距離を取るには便利だな。

「さて、どうするか」

先ほどまで俺がいた場所には炎が渦巻き、〝煙火〟のレザニアがこちらを見上げている。

ナナシが状況を分析する。

「なまじ地脈《レイライン》が通っているだけあって、環境魔力《マナ》が多い。現象として燃えている周囲の炎も操れるようだし、このままだとジリ貧だね」

「冷静な解説をどうも……まずは、炎を減らす必要があるか」

かと言って、手持ちの水を出す魔法道具《アーティファクト》では力不足もいいところだ。

そうなると、魔法でなんとかしないといけないが……魔法を使うために環境魔力《マナ》に働きかけると、〝煙火〟のレザニアに力を与えかねない。

なかなかに八方塞がりだ。

「ナナシ、何か案があれば聞かせてくれ」

「あいにく、吾輩も考えているところだ」

迫る炎を屋根伝いに跳んで避けながら、隙を窺う。

「水系の大型魔法を使うか……？　だが、火がこうも多いと魔法式を成立させるのも一苦労だな」

「ふむ……ならば吾輩が魔法を使うから、少しばかり魔力《マナ》をもらってもいいかな？」

「何か案が？」

「戦術的撤退を視野に入れた実験だよ」

確かに、この状況なら……住民の避難は完了しているし、一度撤退するのも手だ。

「*Fenomeno Minute akvogutetoj estas malakceptitaj en la aero*」

ナナシが囁くように小声で魔法を詠唱する。

魔力《マナ》が少し体から失われたのを感じたかと思うと、俺の周囲に水蒸気のようなものが漂って、見る見るうちにそれは濃くなっていった。

「〈霧《フォッグ》〉の魔法だ。本来は視界を制限して逃走を容易にするための魔法だけど……」

「……この状況なら消火にも使えるか」

脳裏に残る、魔法の残響を【反響魔法《エコラリア》】で発動すると、霧がさらに濃くなった。

これだけ高濃度の霧であれば、延焼している建物の消火もできるはずだ。

実際、放射されていた熱は軽減されて、周囲にちらついていた炎も今はない。

「さて、撤退してもいいが……久しぶりの古代魔法と洒落込もう。手伝ってくれ、ナナシ」

「いいだろう。さぁ、始めたまえ」

どこか愉快そうに応える使い魔に頷きつつ、霧に湿気た空気を吸い込んで魔法の詠唱を始める。

「*Ĝi sendas malsupren pluvon. Voku nigran nubon super vasta gamo, ĝi alportas de grandaj gutoj da pluvo. Ĝi daŭrigas dum momento, tio forlavu ĉion……!*」

古代魔法にしては、短い詠唱。

それでも、大量のマナが体からごっそり抜け落ちていく感覚があり、強い倦怠感に包まれた。

ナナシが俺の詠唱を補塡《ほてん》するように、難解で複雑な魔法式を構築していく。

補助でいいと言ったのに、どんどん組上げてしまうのだから、サービス精神の旺盛《おうせい》な使い魔だ。

「――〈暴雨《トレンシャルレイン》〉」

詠唱と魔法式の完成によって、周囲の環境魔力《マナ》が古代の秘儀を空に再現する。

すなわち、黒雲の到来と……大粒の水滴を地面に叩きつけるような土砂降りの雨。

雨によって巻き起こった風で霧は晴れてしまったが――燃え盛っていた炎はあっという間に消し止められた。

そして、その先……先ほどと同じ噴水の手前で、濡《ぬ》れ鼠《ねずみ》となった〝煙火〟のレザニアが立ち尽くしていた。

「なんで……なんで消しちまうんだよォ？　あんなに、あんなに綺麗だったのによォ!!」

「綺麗なもんか。お前が火にくべてたのは、誰かの人生とか夢とかだよ。見ろ、この有様《ありさま》を。伝統を守ってきたドゥルケ菓子の老舗が消し炭だ」

雨が勢いを増す。

「湿っぽい……これじゃあ火がおこせねェ……暗い、寒い……あああああッ!!」

〝煙火〟のレザニアから魔力《マナ》の揺らぎを感じたが、火はおこらない。

完成された魔法式に着火するだけの力はないようだな……っと、それでか！

ナナシの奴、妙に魔法式を丁寧かつ強固に組んでると思ってたんだ。

「なんでだ、なんだ？　この雨はよォ……！」

さらに雨足が増す。

一粒一粒が大きく、重く……打ちつけるようにして降るそれが、周囲の崩れかけの店を打ち崩していく。

「魔法さ。これでも〝魔導師《マギ》〟なんて大仰な二つ名に負けないように、いろいろと勉強しているんでな」

「〝魔導師《マギ》〟はロータスだろォ？　偽物め！　裏切り者め！」

「勝手に期待しておいて裏切ったとは、ずいぶんな言い草だな、『トゥルーマンズ』。『フェイクマンズ』に改名したらどうだ？」

俺の挑発がよほど頭に来たのか、くぼんだ目をぎらつかせて〝煙火〟のレザニアが俺を睨みつける。

何か行動を起こしそうだが……まだ魔法の影響下にあることを忘れてもらっては困るな。

古代魔法に分類されながら、ただ雨を降らせるだけの魔法だと思ったか？

どんどん強まる雨足を不審に思わなかったか？

この限定的な……現在は広場周辺くらいのエリアだけに作用するこの魔法は、まぎれもない攻撃魔法だ。

おそらく、炎を扱う者にとっては相性最悪の。

この魔法が過去何に使われたか……少し調べれば文献にも載っている。

もしかすれば、学園に通ったり、教会でよく過ごしたりしている子供達も知っているかもしれない。

かつての旧い時代、西の国を震撼《しんかん》させた『炎《ほのお》の巨人《きょじん》』を討滅せしめた物語に登場する、正真正銘の〝伝説の魔法〟なのだ。

雨足がさらに強まっていく。

もはや、水滴は子供の握り拳ほどの大きさになり、それが絶え間なく空から地面に打ちつけている。

俺は当然乾いたままでいるが、この中で立つ〝煙火〟のレザニアはたまらないだろう。

この豪雨の中、もはや歩くこともままならないはずだ。

「……やめ……ころ……」

何か言っているようだが、雨の音で聞こえやしない。

強力な魔法だが、仲間がいると使えないし、周囲の被害も大きいし、何より地味だ。

威力調整して広域化したら農業の役には立つかもしれない……そんなことを考えていたら、〝煙火〟のレザニアがばたりと倒れた。

その上にも容赦なく水の塊のような雨が降り注いで、体を少し跳ねさせている。

「なぁ、ナナシ。この魔法、どうやって止めるんだ」

「少しばかり魔法式を強固に組みすぎたようだ。〝煙火〟のラザニアとやらを過大評価してしまったかもしれない」

「レザニアだよ。腹が減るような名前にするんじゃないよ。……とりあえず、捕縛するか」

もはや洪水のようになった雨の中を、俺は噴水に向かって歩いた。

「さて、こいつをどうするかな……」

〝煙火〟のレザニア。

『トゥルーマンズ』の二つ名持ち……おそらく活動の中心にいるような幹部クラス。

きっと重要な参考人となるだろう。

しかし、どう捕縛するか。

スキルで周囲の環境魔力《マナ》を延焼させるとなると、魔法を封じても意味がない。

縄や魔法で縛っても周囲一帯を炎の海に沈められては元も子もないし、この男に自発的な協力を求めるのも困難だろう。

「脳に潜るか……？」

俺の呟きを、ナナシは即座に否定した。

「それはダメだ。瘴気《ミアズマ》汚染された精神に潜っていけば、我が主《マスター》にどんな影響が出るかわからない」

「あらかじめ、『灰《アッシュ》』を使っておくというのは？」

「それでも『不死者の王《ノーライフキング》』の影響下にある可能性を考えると、承諾しかねるね。逆に精神を侵蝕される恐れがある」

戦いには勝利したものの、これじゃあ八方塞がりだ。

「答えを避けているようだが、一番良いのは、今この瞬間にトドメを刺すことだね」

「……せっかく生かして捕らえたのに？」

「結果論にすぎないよ。我々に比較的余裕があったからそうできただけで、さっきまで命の取り合いをしていたんだ。戦闘中に殺しても、今殺してもそう変わらないさ」

ナナシが言わんとすることはわかる。

しかし、この男が罪人かと問われれば、少しばかり疑問が残るということが、俺の決断を鈍《にぶ》らせるのだ。

攫われて人造魔王の実験に晒され、心と記憶を破壊されたこの青年を、『悪性変異兵《マリグナントソルジャー》』――『執行者』となったフェリシアの弟にどうしても重ねてしまう。

「気持ちは察するよ。でも、ここで見逃せば、今度は君の見知った誰かを焼くかもしれない」

「……わかっている」

今後のリスクを考えれば、始末しておいた方がいいのは明白だ。

事実上、彼の精神はロータスに依ってしまっている。

どんな説得も無駄だと、理性ではわかっているのだ。

そして、禁忌《きんき》たる『穢結石《インピュアリティ》』の力を揮う魔王の眷属《けんぞく》である以上、俺の敵だということも理解はしている。

ここで排除しない整合性のある理由や根拠を探す方が難しいくらいだ。

せめて、苦しまずに一撃で。

ぐったりと横たわる〝煙火〟のレザニアの首元に魔法《オーティア》の小剣を突きつけて、俺は息を吐き出す。

「ア、アルワース賢爵！」

意を決して魔法《オーティア》の小剣を握りしめた瞬間、後方から声が聞こえた。

〝煙火〟のレザニアから魔法《オーティア》の小剣を離して振り返ると、衛兵と思《おぼ》しき武装した者達がこちらへと駆け寄ってきている。

「その男が？」

「ああ、『トゥルーマンズ』の人間らしい。制圧したが、周囲の店舗はすまない……。延焼を抑えるために水の魔法で消火と破壊を行なった」

「ええ、あの大魔法！　外からも見えておりました。町全体が火事にならなくてよかった」

衛兵は煤《すす》に汚れた顔で笑みを見せる。

あの大火事だったのに、この周辺には逃げ遅れた者の気配がなかった。

彼らの迅速な避難誘導があったためだろう。

「捕まえますか？　牢に拘留を？」

「いや、この男は火を操るユニークスキルを持っているようだ。近寄ることすら危《あや》うい。おそらく人も燃やす」

人間に内包する魔力《マナ》でもお構いなしに着火させてしまうのだから、捕まえたところで、できることはない。

「だが、まだ生きている。どうしたものか。何か方法があればいいが、妙案がなければ、このまま息の根を止めるしかない」

そう衛兵に答えてるうちに、住民達が少しずつ姿を現しはじめる。

少しばかり見晴らしがよくなった水浸しの噴水広場を見た住民達の顔は、なんとも言えない悲嘆《ひたん》に暮れた表情だった。

「まだ危険だ。来てはいけない」

「でも、私の店が……！　祖父から受け継いだ店が……！」

「ああ、なくなってる……俺の夢が……」

衛兵の制止も聞かずに、住民達が集まってくる。

中には、店の白い制服を着たままの姿も多い。

「あいつだ……！」

「あいつが俺の店を……！」

「こいつが親父を殺したのか……！　このテロリストめ！」

惨状《さんじょう》を確認した住民達が、元凶たる〝煙火〟のレザニアを見つけるのに、時間はかからなかった。

それはそうだろう、この場所から逃げる際に、その姿を目に焼きつけていたはずだから。

怒りと悲しみに任せて、住民達が手に手に瓦礫《がれき》を拾い上げ、〝煙火〟のレザニアへと投げはじめる。

「お、おい……！」

止めようとするが、止められない。

止める権利がない。

家族を奪われた者もいる。

夢を奪われた者もいる。

仕事を、住む家を、これからの生活を、そして誇りを……彼らはレザニアに奪われた。

止めるとして、なんと言って止める。

もう事は起きてしまった。俺は、間に合わなかったのだ。

「やめろ……やめろ！　私刑は犯罪だぞ！」

衛兵が制止しようとするが、住民達の勢いは止まらない。

瓦礫をそのまま手に持って、あるいは廃屋から武器を引っ張り出してきて……倒れたままの〝煙火〟のレザニアに殺到する。

「あ……ッ　あが……！」

〝煙火〟のレザニアの口から悲鳴のような断末魔《だんまつま》の声が聞こえ……静かになるまで、そう長い時間はかからなかった。

その後も、住民達による制裁は続き……時間と共に、一人、また一人とふらふらとその場を離れていく。

最後の一人が離れた後に残ったのは、見るも無残な姿となった〝煙火〟のレザニアであったモノだ。

衛兵達も、無言でその場を離れていく。

「なんだろう、俺は何か間違ったか？」

「気にするな、我が主《マスター》。この出来事は我々とは無関係な場所で起きたことだよ」

「──いいや、これこそがあなたの罪だ」

邪悪としか呼べない気配を感じて振り向くと、そこにロータスが立っていた。

やけに生気のない青白い顔に微笑みを浮かべて、俺の脇を通り過ぎていく。

異様な雰囲気に、俺は声をかけることすらできなかった。

「ああ、可哀想《かわいそう》なレザニア。こんな姿になって……。こんな風に殺される必要があったのか？散々僕らを嬲りものにしておいて、自分達にそれが降りかかればこうやってむごいことをする……」

肉塊《にくかい》となったレザニアの死体に触れて、ロータスが優しげに、そして邪悪に微笑む。

もちろん肉塊と化したレザニアは答えやしないのだが、うんうんと頷いたロータスは、独り言を続ける。

「……そうとも、僕達はもう無力じゃない。彼らに思い知らせよう！　……さぁ、レザニア。もう痛い思いをする必要はない。君の命は失われ……解放された。死したる不滅を喜ぼう！」

瞬間、瘴気《ミアズマ》と『不死者の王《ノーライフキング》』の気配が混ざり合った何かが、その肉塊を、炎を噴き上げる何かに変貌させた。

「ヴォヴォヴォヴォ……」

燃える肉の塊はすぐさま人の形となって……〝煙火〟のレザニアの姿へと復元していく。

それを愛おしそうに狂気じみた目で見つめるロータス。

こちらはこちらで、それから目が離せない。

「おかえり、レザニア。はじめまして、レザニア」

ロータスが大仰な仕草で、レザニアを示してみせる。

レザニアは不気味な紋様が揺らめく己の体を、確かめるように見ている。

「――……――」

レザニアは瞳のない黒い眼球をぎょろぎょろとさせる。

人の姿ではあるが、ソレが人でないことなど明白だった。

「ロータス、何をした！」

「レディの力で、彼は死を享受したんですよ。今の死んでいる彼こそが正常で、生きていることは異常なんです。この世界が、僕達に強《し》いてきたルールそのものじゃあないですか！」

ロータスは余裕綽々《よゆうしゃくしゃく》に、そして不気味に嗤う。

「それは違う！」

「違いませんよ！　なら、どうして……砂糖を買っただけのベンウッドがこの町で殺されかけなきゃいけなかったんです？」

「……！」

その名がロータスの口から出るとは。

「意外そうな顔をしないでくださいよ、アルワース賢爵。……大仰な役名ですよね。僕らを一人として救わず、☆5に取り入って媚《こび》を売り、自分だけが貴族の仲間入りだ」

口を押さえて、押し殺すようにロータスが嗤う。

「俺が望んだわけじゃない、必要だったからそうなっただけだ。貴族様方の都合さ」

「なるほど……では、我々は彼ら貴族に必要でなかったが故に、このような仕打ちを受けてきた、と。なら、死んでるのと同じじゃないですか。正しい復讐ですよ、これは」

「その復讐に、どれだけの人間を巻き込んで、どれだけの意味があるんだ！」

「この世界が、僕ら☆1を虐げて殺すことに、意味や理由がありましたか？」

……ない。

つけようと思えば、難癖じみた意味や理由もあったかもしれないが、とどのつまり〝そう決まっていた〟からにすぎない。

「僕らの復讐と改革に賛同すれば、悪いようにはしませんよ。なに、☆1が☆5にとって代わる……それだけのことじゃないですか。たかだか☆の数で決まった能力で今まで偉ぶってきたんです、☆1の方が優秀であるなら、僕達がその位置に立ってもいいはずだ」

「☆1が、☆5を超えるなんてこと……」

「できますよ。あなたや、僕ができたように。僕らは力を望む全ての☆1に、『穢結石《インピュアリティ》』とレディの力を与える準備がある。革命のティーパーティーはもう始まっているんです」

ロータスが、歪んだ笑みを浮かべながらパチンと指を鳴らす。

「我が主《マスター》、この気配は……」

「……！」

〈異空間跳躍《ディメンションジャンプ》〉とは違う。

魔法の気配ではなかった。

おそらく、ユニークスキルか『不死者の王《ノーライフキング》』の加護によるもの。

「さぁ、みんな。自己紹介を。彼がティーパーティーの主賓《しゅひん》だ」

〝煙火〟のレザニアの隣に、三つの人影が進み出てくる。

「……〝寂雪《じゃくせつ》〟のフレグラ」

「〝百歩移《ひゃっぽい》〟のブリトニーよ」

「〝魔人《まじん》〟オルゾー。お前の敵だ」

誰も彼もが若い。

俺とそう歳が変わらないか、あるいはさらに年若い者ばかりだ。

「ここにいる僕らが、『トゥルーマンズ』の始まりです、アストルさん」

「自己紹介どうも。噂の人造魔王とやらは誰かな？」

俺の問いに、黒衣の少年が進み出る。

「俺の、ことだな。自覚も驕りもないつもりだが、奴らは俺を『唯一の成功例』と呼んでいた」

「そうとも、オルゾー。君こそ僕達『トゥルーマンズ』の要《かなめ》だ。『穢結石《インピュアリティ》』を生み出す力を持つ君がいれば、世界中の☆1に力と希望と自由を与えられる」

……そういうことか！

人為的に『淘汰』を作り出す、なんて大きな視点で見ていたが、なんてことはない。

モーディアの研究者連中はもっと現実的で即物的だったようだ
魔王《シリク》討滅のリスクを予見していたのか、あるいは『穢結石《インピュアリティ》』の増産を目的としたのか……どちらにせよ、人間側でコントロール可能な『穢結石《インピュアリティ》』の生産を目論《もくろ》んでいたということだ。

「僕らが、この世界を変える……『不死者』としての☆1を、この世界の頂点として、レディの降臨を待つ世界に」

「最初に言っていたことと話が違うぞ。☆1の解放とやらはどうした？」

「同じですよ。世界の歪みを正す……。僕は賛同する人間を害さないし、力も与える。あなたは現状維持を望むんでしょう？　ティーパーティーにゲームはつきものだし、お互い〝魔導師《マギ》〟としてベストを尽くしましょう」

そんな爽やかなスポーツマンみたいなことを言ったって、騙されないぞ。

「ロータス、この世界を滅ぼす気か？」

「結果的にそうなったとしても、僕は構いませんよ」

それだけ言い放つと、ロータスと四人の幹部達は黒い闇の淀《よど》みへと姿を消していく。

制御しているのは〝百歩移〟のブリトニーと名乗った少女らしい。

最後に眠たそうな目で俺にウィンクしてみせると、闇の収束と同時に消えた。

それと同時に、周囲の雑踏《ざっとう》が戻ってくる。

衛兵の声、住民達の悲嘆、瓦礫をどける音。

「くそ……。ベンウッドのことを聞きそこなった」

「少しばかり気圧《けお》されたね。仕方ない……我が主《マスター》ほどではないが、いずれも厄介な力を持つ、限界突破したレムシリアンだからね」

「一緒にはされたくはないな……。俺は『穢結石《インピュアリティ》』を使ったわけじゃない」

しかし、今後はそんな☆1が増えるだろう。

『穢結石《インピュアリティ》』の力を使えば、☆1はもう虐げられずに済む……そんな甘言に惑わされた☆1の同胞が、俺の敵として立ちはだかることは、少し考えれば予想できたはずだ。

「……とにかく、母さんが来たらここを任せて、ベンウッドとマーヤの所に行こう」

◆

母と後続のビスコンティにドゥルケの町を任せた俺達は、街道を外れてベンウッド達の住む村へと向かった。

「見えてきたな……」

「あまり良くない気配がするね」

村からわずかに漏れ出る瘴気《ミアズマ》の気配。

以前はなかったそれに、俺は顔をしかめる。

村の住民達は、ロータス達を受け入れたということだろうか。

「村の裏手から入って、ベンウッドの家に行こう」

「気配遮断魔法の維持は吾輩がする。気を付けて進みたまえよ」

〈変装《ディスガイズ》〉の魔法を付与した上で、フードをすっぽりとかぶる。

この魔法で村の誰かに化けるのは難しかったが、普段からグレイバルトを見ている俺は、迷彩として景色に溶け込むように魔法を作用させた。

足音を立てず、俺は村の裏手に回る。

まだ日も高いのに、農作業に出ている者はいない。

放牧されているはずの動物もいない……妙な気配だ。

「どう見る、ナナシ」

「半分は罠、半分は慢心……ってところじゃないかね」

どうだろうか。

レディ・ペルセポネはともかく、ロータス達は、俺の得た力についてはおそらく気が付いていない。慢心はあり得る。

罠はどうか？

充分にあり得る。

俺の知己であると見越して、わざわざベンウッドの名前を出したのだろうという予想はできる。

そうすることで、俺がこの村を訪れるであろうと考えたと。

「罠だろうな」

「罠だとも。だが、我が主《マスター》をそれに簡単に嵌められるという慢心もある」

罠だとして、それを乗り越えなければあの二人に会えないというなら、なんとかするしかない。

俺はあばら家の陰に身をひそめながら、兄妹の家へと近づいていく。

「……おかしいぞ、我が主《マスター》」

「どうした？」

「二人の気配がしない。あの家だろう？」

ナナシが細い指でさす方向に、目指す家がある。

そちらを注視していると、すぐ隣に何者かの気配。

村人か、あるいは『トゥルーマンズ』か。

どちらにせよ、騒がれるのはまずい。

魔法で無力化しよう……としたところで、その人影は人差し指を口の前で立てて小さく頷く。

「……『木菟』のアジーンと申します」

そうか……情報をもたらしてくれた『木菟』がいるなら、監視を継続している者もいるということだ。

こんなにこそこそしなくても、最初からそちらに接触すればよかった。

「あの兄妹をお探しですか？」

アジーンの問いに小声で答える。

「そうなんだ。家にはいないようだが……居場所がわかりますか？」

「先ほど、広場へと。しかし、向かうのは得策ではありませんよ」

浅黒い肌の『木菟』が、その目を少し伏せる。

「どうしてです？」

「あれは、罠でしょう。あなたをおびき寄せて、住民達に嬲り殺しにさせるつもりです」

なるほど。

仮に俺が現れなかったとしても、関わりのある人間を殺してパフォーマンスを行う、ということか。

そして、また俺が見捨てたのだと、声高《こわだか》に宣言するのだろう。

「住民は……」

「全て『穢結石《インピュアリティ》』を受け入れていると考えて間違いないでしょう」

俺の意図を察して答えをすぐにくれる。さすがグレイバルトの部下といったところか。

「兄妹は？」

「確認しておりません。ただ……」

「ただ？」

「その二人は、『トゥルーマンズ』を受け入れなかったために、軟禁されていました」

受け入れなかった？
☆1にとって、『穢結石《インピュアリティ》』がもたらすレベル上限の解放や、身体的機能の増強は、喉から手が出るほど渇望するものだろうに。
俺とて『ダンジョンコア』による限界突破がなければ、そして仲間達がいなければ、その力に手を伸ばしていたかもしれない。

「アルワース賢爵に恩がある、と」

その言葉を聞いて、俺自身すら忘れかけていたことを思い出した。

あの二人が気に病《や》まないようにするための方便のつもりだった。

アルワース賢爵への忠誠は、ラクウェイン侯爵やヴィクトール王を信じて待っていてほしい……

そのくらいの話だったのに。

「助けなきゃいけない理由が一つ増えたな」

「……危険です、アストル様」

「アジーンさん。町へと向かって、〝業火の魔女《ブレイズウィッチ》〟とグレイバルトを待ってください。俺が戻らない場合は、二人に救援を」

「ここで止めなきゃ、私が若様に怒られますよ……」

アジーンは困ったように眉尻を下げる。

「どんな罠かはわかりませんけど……やることは、威力偵察と人質《ひとじち》の奪還です。どこか、こちらからその広場がよく見える場所はありますか？」

「聞いていた通り、無茶な主様《あるじさま》だ。しかし、ご命令とあれば断れません。……こちらへ」

そう促され、気配遮断をしたまま、アジーンの後に続く。

しばらく村の外周を隠れながら進むと、村の中央——広場のある場所まで視線が通る小高い丘に到着した。

広場には台のようなものが設置されており、その狭い台の上に縛られた兄妹が座っている。

二人とも傷だらけだ。

今まで支え合ってきた隣人に、あのようにされたとしたら……心の傷はどれほどのものか。

「見えますか？」

「ええ。ありがとう、アジーンさん」

「では、私は指示された通り、ドゥルケの町へと向かいます。ご武運を」

グレイバルトほどではないにせよ、かなり高度な気配遮断を行って、アジーンがその場を離れる。

数メートル遠ざかったところで、もう感知できなくなった。

「さて、彼らの想定としては、俺が〝アルワース賢爵だぞ〟と名乗りながら堂々と姿を現すと思っているんだろうけどさ……」

「なに、我々は貴族ではないのだし、気にする必要はないよ」

「そういうこと。俺はただの冒険者だからな。目的達成のために手段は問わないさ。さぁ、行くぞ……ナナシ」

「承った」

物陰に隠れた俺達は、兄妹が捕まっている台の上——その狭い空間を詳細に把握しながら、いくつかの魔法を練っていく。

その間にナナシが短距離〈異空間跳躍《ディメンションジャンプ》〉の魔法式を緻密に組み上げていった。

正確な位置取りと確実な魔法式が必要だ。

「準備できたよ、我が主《マスター》」

「こっちもOKだ。一気に、いく……！」

広場に向かって広域の魔法を発動する。

兄妹を巻き込まないように、〈眠りの霧《スリープミスト》〉と〈沈黙の風《サイレンスドウィンド》〉をそっと、静かに満たしていく。

眠りと沈黙で静かになった広場を確認して、〈異空間跳躍《ディメンションジャンプ》〉を使用。俺達は兄妹のすぐ傍に、音もなく転移した。

「……アストルさ、ん？」

ベンウッドが呆然とした様子で呟く。

「話は後だ。脱出するぞ、ベンウッド」

「しかし、村のみんなが……！　それに、妹には呪いが！」

「ナナシ、調査を。俺は、退路確保に移る」

現れた俺に気が付いて、村人の影がこちらに駆け寄ってくる。

広場に集まった者全員を範囲に収めるのはさすがに無理だったか。あるいは、『穢結石《インピュアリティ》』の力で抵抗《レジスト》したか。

いずれにせよ、邪魔をするなら、少々痛い目を見てもらうことになる。

「あんた……この間の……！」

金属製の棍棒のような武器を持って、こちらに走ってきていた男が、俺の顔を見てその足を一瞬止める。

ベンウッドに連れられて、この村に来た時に顔を合わせた男だ。

「道を開けてくれないか。俺はこの二人に用があるんだ」

「できねぇ！　その二人は裏切モンだ。貴族主義に迎合《げいごう》する、俺ら『トゥルーマンズ』の敵だ！」

「……そうか、残念だ」

ここで長々と問答する気はない。

自らを『トゥルーマンズ』と称した時点で俺の敵だ。

ついでに、兄妹が『トゥルーマンズ』でないと確実になったことは、俺にとって朗報である。

男の太腿を〈魔法の矢《エネルギーボルト》〉で撃ち抜いて足止めする。

その後ろからも数人、村人がこちらに迫ってきていた。

その全てが、軽装の鎧を身につけ、金属製の棍棒を持っている。画一化された武具……『トゥルーマンズ』の制式兵装なのだろうか？

「判明した。これは……『カーツの蛇』に似たものだよ」

「魔法道具《アーティファクト》系のヤツか。なんとかなるか？」

「もうしているよ……よし、解除した。しかし、『不死者の王《ノーライフキング》』の信徒は節操なしだな。自分達を苦しめたものをこうも軽々しく使うなんて」

「世界への意趣返《いしゅがえ》しのつもりなんだろ」

迫る村人達を魔法で無力化しながら、隙を窺う。

「ベンウッド。まずはここから脱出するぞ」

「……！　故郷なんです。安住の地だったんです……」

「今は違う」

ベンウッドにそう答えながら、俺自身も東スレクト村を思い出していた。

どうして俺が関わると〝こう〟なってしまうのか。

ロータスの奴め……もしかして、知っていて俺に嫌がらせをしたんじゃないだろうな。

そうだとしたら、この心の傷の代償は少しばかり高くつくぞ……！

「マーヤのためでもある。さっきの呪いは、性質のいい奴じゃない……今に殺されるぞ」

「わかり、ました」

唇を噛みしめながら、ベンウッドが立ち上がる。

故郷を捨てろと言ったのだ、もう少し葛藤《かっとう》があるかと思ったが……妹のために選択できる兄は、良い兄だ。

「ナナシ、マーヤは大丈夫か？」

「疲労で気を失っているが、問題はなさそうだね。ただし、走れないのは脱出するのに問題が出るかもしれない」

「子供の足にそこまでの期待はしていない。兄の腕力には期待しているけどな」

俺の視線に頷いて、ベンウッドがマーヤを抱え上げる。

無詠唱でベンウッドに強化魔法をいくつかかけておく。

こうしておけば、最悪、俺が足止めをくらっても、ここを切り抜けるくらいはなんとかなるだろう。

そうこうしているうちに、村人が続々と集まってくる。

いや、おそらく住民だけではない。『トゥルーマンズ』の構成員もいるようだ。

「さて、どうするかな」

手に手に武器を持った者達が、包囲を狭めてきている。

これなら、もう少し派手にやった方が良かったか？

「ベンウッド、俺が道を作る。一気に走ってくれ」

「……わかりました」

「いいや、無茶をする必要はなさそうだ」

ナナシが頭蓋を鳴らしながら、空を見上げる。

視線をちらりとそちらに向けると……何かが猛スピードでこちらに向かってきていた。

それは、そのままの勢いで俺達の前に〝着地《げきとつ》〟し、勇《いさ》み足《あし》で近づいてきていた『トゥルーマンズ』の構成員を数名吹き飛ばした。

「あんまり遅いものだから、迎えに来たわよ、アストル」

「母さん」

呆気にとられたのは、俺だけではない。

空から燃え盛る馬に乗った鎧姿の人物が降りてくれば、そうもなる。

「この二人をお願いできるかな」

「あら、怪我してるじゃないの。いいわよ」

混乱した様子のベンウッドとマーヤを母に預けて、俺は少しばかりの決意をする。

「あなたはどうするの？　アストル」

「やることをやってから、帰るよ」

「そう。気を付けてね？　ふふ、いっちょ前に男の顔をしてるわね」

どこか上機嫌な様子でそう言った母が、ベンウッドとマーヤを連れて空に跳び上がる。

それを見送って、俺はナナシに問いかける。

「この人数に、『灰《アッシュ》』を投与できると思うか？」

「無理だね。……気が進まないなら、吾輩が引き受けるが？」

繋《リンク》がりで繋がっている以上、わかっていて尋ねているんだろう。

だけど、俺がやらなくちゃいけない。

だって、彼らは『穢結石《インピュアリティ》』に触れてしまった。

すなわち、俺の目指す未来に在《あ》ってはならない存在となったということでもある。

「この中で、無理やり『トゥルーマンズ』に入れられたという人は、その場で伏せていてください」

気休めの言葉を発して、俺は魔法の小剣《オーティア》を抜いた。

◆

「問題なしだ」

ベンウッドとマーヤを検査していたナナシが俺を振り返った。

「打撲や擦過傷《さっかしょう》はあったようだけど、瘴気《ミアズマ》に関する影響は皆無《かいむ》だ。『障り風邪』の魔法薬《ポーション》を飲んでいたのが功を奏したみたいだね」

「あの……マーヤは？」

ベンウッドが心配そうに尋ねた。

「疲労とストレスだろう。あの村の変わり様《よう》……幼い彼女には些かショックだったのではないかな？」

ナナシが俺の肩に飛び移って指を振る。

「ま、今日のところは休んでくれ。詳しい話は明日にしよう」

「その、アストルさん……いえ、アルワース賢爵閣下……」

「アストルでいいよ。俺自身、その名前に少し抵抗があるんだ。〝能無し〟アストル……個人的にはそれで通したいんだけどね」

あの後、ベンウッドと合流してドゥルケに戻ってきた俺達は、町の代官を軽く強請って大きめの空き家を一軒購入した。

緊急時徴収というやつだ。

ちなみに代金は、アルワース賢爵の名前でヴィーチャにつけてある。

何故そんなことをしたかというと、ベンウッド達の安全のためだ。

町で暴れた男が『トゥルーマンズ』のメンバーだということはすでに知れ渡っており、ベンウッドの村がその拠点となっているのもいずれ知られることになる。

それに、ベンウッドは俺と出会った時の騒ぎで顔を見られている。

……☆1と知られている以上、宿は部屋を貸すことを渋るだろう。

特にここドゥルケは、甘味ツアーを楽しむ上流層が訪れる場所だ……その傾向は強い。

さらに、普通の宿では『トゥルーマンズ』に襲撃された際に防衛しにくいし、宿の主人や他の客に被害が出る可能性が高い。

そういったことを総合的に考えて、空き家の購入に踏み切ったのだ。

そのやりとりの中で、俺が『アルワース賢爵』であることがベンウッドに知れてしまった。

騙すつもりはなかったが、嘘がばれてしまったので少々バツが悪い。

「……何か質問が？」

「僕達は、罪に問われるのでしょうか？」

「『トゥルーマンズ』に与したわけじゃないんだろう？」

「でも、村のみんなを止められませんでした」

「それは気にすることじゃないさ」

心底そう思う。

道中聞いた話では、ベンウッドは『アルワース賢爵』の名前を出して村人を説得したそうだ。

しかし、☆1として抑圧され、鬱屈《うっくつ》した気持ちを抱えていた村の人間は、ロータスの示す甘く歪んだ未来に恭順《きょうじゅん》してしまった。

これも仕方がないと思う。

心情的には理解できなくもない。

中には故郷を、家族を、☆1というだけで失った者もいるだろう。

そんな世界を憎いと感じても、なんら不思議ではない。

そういう者達が、誤っていようと、歪んでいようと、あるいは狂っていようと、『力』が欲しいと切望するのを誰が止められるだろうか。

「今は殺されなかっただけ重畳だったと思おう」

「……はい」

俯くベンウッドの肩を軽く叩く。

実際、危ないところだったのかもしれない。

回復魔法と魔法薬《ポーション》で癒しはしたが、兄妹ともに体には多くの傷があった。

まだ幼いマーヤにすら、だ。

俺を釣る餌として生かされていただけで、かなり危険な状態にあったのではないだろうか。

怪我の功名《こうみょう》というか、不幸中の幸いってやつだ。

「この部屋は二人で使ってくれ。明日、落ち着いたら話を聞かせてもらうよ」

「はい。何から何まで……すみません」

扉を閉めて、廊下の隅に向かって目配せしておく。

さすがにグレイバルトほど確実とはいかないようで、アジーンの気配がうっすらとそこにある。

俺の目配せの意図を理解したようで、彼は小さく会釈して再び気配を消した。

ベンウッド兄妹の護衛と監視。

二人を信用しないわけではないが、わざわざ生かしておき、さらには逃走まで看過したのだ。

俺に救出されることを前提として、何か〝仕込み〟があるかもしれない。

〝俺ならそうする〟という汚れた思考だが、警戒は必要だろう。

「ナナシ、町の様子を見に行こう」

「そうだね。アルワース賢爵が姿を消したままでは不安もあるだろう」

町に現れてテロリストを叩いた俺が、町の被害状況確認もせずに姿を消したということで、ドゥルケの町には少しばかり動揺があったようだ。

代官には独自の判断で追撃戦に入ったことにしておいたので、後は俺が見聞と称して姿を見せれば混乱は収まる。

町の中心部とそこに連なる老舗の店舗が焼かれたのだ。

きっとみんな不安になっているだろう。

しかし、そんなところに☆1の俺が行っていいものか。

どうも〝煙火〟のレザニアは、周囲を焼きながら、自分が『トゥルーマンズ』であることと、その構成員が☆1であることを喧伝していたらしい。

『トゥルーマンズ』なりの派手なプロモーションなのかもしれないが、☆1の印象はきっと最悪だろうと思う。

これまで搾取対象《さくしゅたいしょう》であった☆1が、反旗《はんき》を翻《ひるがえ》して脅威になっている。そのショックも強いはずだ。

広場に向かうにつれて、足が重くなってきた。

ベンウッドが裏切り者として村人達から制裁を受けたように、俺も☆1のしでかしたことだとして責められるかもしれない。

俺の中にすら、☆1というだけで彼らが恩を忘れて一方的な暴言を吐くだろう……という予想があるのだ。

世界に絶望した『トゥルーマンズ』の心中は、どれほどの憎悪と諦観《ていかん》に溢れているのだろうか。

「おっと、我が主《マスター》。君の憂慮《ゆうりょ》は杞憂《きゆう》に終わりそうだよ」

広場がやけに騒がしい。

事故現場の復旧作業のざわつきとは違う騒がしさだ。

「……帰ったか、アストル！　首尾はどうか？」

「……！」

金色のたてがみを揺らす白馬にまたがったヴィーチャが、実に悠然《ゆうぜん》とした態度でこちらを睥睨している。

あっけにとられてしまった俺だったが、すぐさま膝をついて臣下の礼をとり、俯いたまま報告を口にする。

「はっ！　敵拠点に強行偵察を行い、交戦。王に忠誠を誓う臣民二名を救出して帰還いたしました」

「ご苦労だった、アルワース賢爵。拠点に案内せよ。当該臣民の謁見《えっけん》を許可する」

「はっ」

俺の臣下の礼に思い出したのか、周囲一帯が跪《ひざまず》き、押し黙る。

王の顔を直視するなんてことをしてはいけないのだ。

「……こちらです、陛下」

「うむ」

茶番を続けながら、俺は突然の来客を出てきたばかりの屋敷へと案内することになった。

「それでヴィーチャ、なんだってこんなところに出張《でば》ってきてるんだ？」

「態度の落差にびっくりするじゃないか。もう少し王を敬《うやま》え」

扉に入るまでは王として扱ってやったじゃないか。

「それで、ヴィクトール陛下。なんだってこんなところに出張ってきたんですか？」

「言い直せばいいと思っているだろう？　まぁ、ちょっとした試乗を兼ねた視察だ」

俺の詰問じみた問いかけに、ヴィーチャがため息まじりに答えた。

「試乗？」

「ああ、あの馬……『デネブ』だけどな。昔から宝物庫にあった魔法道具《アーティファクト》で呼び出した。長らく使い方がわからなかったんだがな、君の母君にヒントをもらって、発動させられた。あの馬も空を駆けることができるし、試乗がてら、アストルのサポートに来たわけだが……」

そういえば、あの馬……どことなく母の黒馬を想起させる威圧感があった。

しかし……ヴィーチャの行動は軽率としか言いようがない。

「少し前まで『トゥルーマンズ』に襲撃されていたんだぞ。タイミング次第では危険だった」

「君の母君が一緒でもか？」

玄関で足を止めていると、奥のキッチンエリアからエプロンを着けた母がパタパタと姿を現した。

スリッパまで持参とは念が入っている。

「陛下とお会いするなんて、初めて！　母さん、ちょっと緊張しちゃったわ」

「緊張してる人間の格好じゃないけどな……」

ふふふ、と笑ってごまかす母の後について、俺もまだ慣れていない屋敷のリビングへと向かう。

テーブルには人数分のお茶がセットされていて……食器も準備してきたのか。

「報告を受けようか」

王に相応しい豪奢なマントをまるで安物のコートみたいに椅子に掛けて、ヴィーチャが席に着く。

「まずこのドゥルケの町だが、到着直後すでに襲撃を受けていた。下手人は〝煙火〟のレザニアと名乗る『トゥルーマンズ』の炎使いだ。噴水広場を中心に損壊、死傷者も多数。〝煙火〟のレザニアについては撃破したが……」

「したが？」

「ロータスが現れて、蘇生《そせい》……違うな、『反転』させた」

「どういうことだ？」

当然の疑問に、俺もどう答えたものかと思案する。

あの現象を正確に把握していないこともあって、正しく説明できる自信がない。

「学術的な話はいい。現象として起こったことを教えてくれれば」

「そうだな……甦《よみがえ》った、と表現するのが一番しっくりくる」

「……さすが『不死者の王《ノーライフキング》』の眷属といったところか」

もう少し驚くかと思ったが、ヴィーチャは思いのほか冷静だ。

「その反転した者……『反転者《インバーテッド》』とするか。そいつらは、再度殺せるのか？」

「わからないな。生と死を反転させて甦らせているなら、単純に殺すのは難しいかもしれない」

何せ、相手は現象上すでに死んでいるのだ。

死んだものを死なせるなんて哲学的な話になれば、それこそ生死哲学でも勉強するしかない。

「不死者《アンデッド》のように考えるのはダメなの？」

「【死者浄化《ししゃじょうか》】スキル持ちを揃えるか……そう単純ではないかもしれないが、対策はしておこう」

母の案は単純だったが、見落としていた点だ。

通常、環境魔力《マナ》が濃い場所や、ダンジョンなどの現実の定義が書き換えられている場所などでは、不死者《アンデッド》が発生することがある。

不死者《アンデッド》と『不死者の王《ノーライフキング》』の関係は不明だが……同じ不死者という言葉のイメージから、無関係ではない気がする。

かと言って『反転者《インバーテッド》』と不死者《アンデッド》が同義かというと、それはおそらく違うという確信じみた感覚がある。

あの甦った〝煙火〟のレザニア……あれは、存在そのものを書き換えられている。

そういう印象を受けた。

不死者《アンデッド》の方が、まだこの世界に発生したエラー的存在なのだと親近感すら持てるくらいに、あれは俺達と……この世界と全く違ってしまったものだ。

もしかしたら☆1であること、瘴気《ミアズマ》の影響を受けていることなど、それらの複合的な要素によって、この世界の中で、この世界ならざるモノを創り出しているのかもしれない。

だとしたら……

「アストル。王の御前《ごぜん》よ……思考を加速させすぎないでちょうだい」

まるで殴られたかのような強烈な打撃が額に直撃した俺は、軽くのけぞって思考を停止する。

目の前には、デコピンしたであろう母の指が見えた。

さすが魔物《モンスター》化した冒険者の首をパンチ一発で吹き飛ばすだけのことはある……俺じゃなかったら大惨事になっていたかもしれないな。

「……すまない、ヴィーチャ。悪い癖が出たようだ」

「母君から聞いてる。気になるのはわかるが、まずは先だっての対策が必要だ。思索は後回しにしてもらって構わないだろうか？」

「ああ。なんにせよ、現在確認されている『反転者《インバーテッド》』は、〝煙火〟のレザニアという幹部のみだ。能力に変化がなければ、また俺が対処できる」

「君だけに対処できたってダメだろう。炎を操るというからには、水系の魔法や魔法道具《アーティファクト》が必要か？　城に戻ったら目録を作らせるから、目を通してくれ」

ヴィーチャにそう言われ、実務的なことは俺には向かないな、と自嘲する。

「騒動終息後、四人の幹部が姿を見せた。宣戦布告をしたかったようだ。おそらく全員が何かしらのユニークスキル持ちで……うち一人は転移能力を持っているようだった」

「それはまずいな。どこにでも手下を送り込めるということだろう？」

「原理がわからないのでなんとも。この町の中央広場には現れて、消えたのを確認している。あいにく、同じことは俺にできないな」

魔法とスキルでは、その発動原理や効果範囲が全く違う。

強いて言うなら、〝スキルの方がずっと便利〟ではあるが。

たとえば、リックの【隼《はやぶさ》の如《ごと》く】を再現しようと思ったら、高レベルの速度系強化魔法を複数使用すればできなくもない。

ただ、一瞬で発動してみせるなんて不可能だし、相当量の魔力も必要だ。

「……それに、まずいことに人工魔王が『穢結石《インピュアリティ》』を生産できるとわかった。それで、近くの村が『トゥルーマンズ』の支配下に落ちた」

俺の情報に、空気が重く悪くなっていく。

「このままじゃ、『トゥルーマンズ』達に世界を〝反転させられる《ひっくりかえされる》〟な。なぁ、アストル……どうすればいいだろうか？」

ヴィーチャがうなだれて呟いたその言葉に、俺は即答することができなかった。

◆

ドゥルケの町が『トゥルーマンズ』の襲撃に遭ってから一週間。

ヴィーチャはあの日の夜には王都へと帰っていったが、俺達はまだ購入した屋敷にいる。

理由の一つとして、ベンウッドの妹、マーヤのことがあった。

彼女は救出した翌日には意識を取り戻したものの、ひどい心的外傷を患っており、周囲にずっと怯えている。唯一の拠り所である兄のそばから絶対に離れず、顔を知っているはずの俺すらも怖がるような状態だ。

信用していた村民達に暴行を受けたことが、幼い心では処理しきれないのだろう。

そうかと言って、このままドゥルケの町に留まるのも考えものだ。

懸念していた通り、ベンウッドがここにいること、そしてベンウッドの住んでいた村が『トゥルーマンズ』の拠点になっていることは、すでにドゥルケの住民に知られている。

……そしてこれも予想通りだが、その怒りの矛先をベンウッド達に向ける者が少なからず存在する。

単純に☆1に対して怒りを向けているのかもしれないが、それこそお門違《かどちが》いというものだ。

だが、それが彼らにとって今までの正常な感覚だから、急に変われというのも困難だろう。

彼らにとって☆1とは、個人ではなく、『家畜以下の何者か』を指すものである。言うなれば、☆1が力を持って反逆しているという事実のみによって、彼らは俺達☆1を敵視しているのだ。

しかしながら、こんな環境にマーヤを置いておいたら、良くなるものも良くならない。

さっさとここを引き払って、南……バーグナー領かヴァーミル領にでも連れていった方が良い気がする。

はっきり言って、俺もこの町の住民には辟易していた。

町の住民は貴族というわけではないのに、考えが貴族に寄りすぎている。

王都に近い分、そちらに考えが近くなるのかもしれないが、これでは『トゥルーマンズ』の標的にされても仕方がないと思わざるを得ない。

「マーヤちゃんの様子はどう？」

母の問いに、気落ちした様子のベンウッドが答える。

「やっぱり、あまり部屋からは出たくないようです……」

「じゃあ、お昼はお部屋に持っていくわね」

母がいてくれて助かった。

俺ではこううまくは気が回らなかったと思わされる部分が多い。

「ベンウッド。近々にここを出ようと思う」

「はい。僕はどうなってもいいので、マーヤのことだけは……」

どうやら、俺が以前言ったことをいまだに真《ま》に受けているようだ。

「何言ってるんだ。お前達兄妹のことについて、だぞ？　ベンウッド、こんな状態でマーヤと引き離そうなんて、俺は悪魔《ディアブロ》か何かか？」

「滅相《めっそう》もない！　本当に感謝しているんです。☆1なのにこんな風に良くしてもらうなんて……本当にありがたいことです」

ベンウッドが深々と頭を下げる。

妙に既視感があるが、俺は一体誰を思い出しているんだろうか。

「ま、なんにせよ。この町は俺達☆1に対して風当たりが強い。俺の知己である平等派の貴族の領地に生活の場を移した方がいいと思うんだが、どうだろうか？」

二人の安全を考えれば、それがベターな選択だと言える。

周囲と『トゥルーマンズ』……両方の観点から、だ。
☆1を取り込んで勢力を拡大するなら、『トゥルーマンズ』はまだしばらくは王都の周辺を中心に活動するだろう。
逆に、南方はミレニアとリックの影響で☆による差別はある程度緩和されている。

そういった場所なら、恭順する☆1が少なくなる分だけ、『トゥルーマンズ』の手が及ぶ可能性は低くなるし、外部から来た☆1だと危険に晒されることもないはずだ。

そういった安全な環境であれば、きっとマーヤの精神も落ち着くだろう。

俺が過ごしたバーグナー領都《ガデス》はそういう町だった。

「僕は……僕達の故郷は、もうダメになってしまいました。妹のためになるなら、どこにでも行きます」

「よし、じゃあ近いうちに。先方にも連絡を入れておくよ」

今日のうちにミレニアにお願いの手紙を書くとしよう。

ベンウッドはまだ若すぎるし、マーヤは幼い。

荒くれ者の多いリックの所より、ミレニアのお膝元がいいだろう。

俺という人間がいたためか、バーグナー領都《ガデス》の一部の界隈は、☆1でも住みやすい場所がある。

その辺りで仕事と家を見繕《みつくろ》ってもらえるように手配しておけば、安心だ。

「……アストルさん、ファラムさん」

椅子に座ったベンウッドが、俯き加減のまま、絞り出すような声を発した。

「どうした?」

「あの……ですね」

「同じ☆1同士だ、遠慮しないで言ってくれ」

顔を上げたベンウッドの目が、俺と合う。

「僕も、鍛えれば強くなれますか? マーヤを守れるくらい」

「そうねぇ……」

ベンウッドの問いに答えたのは、答えに窮《きゅう》した俺ではなく、昼餉《ひるげ》の用意を終えた母だった。

「どのくらい、どう守りたいのかしら？」

真意がわからないといった様子で、ベンウッドが俺と母を交互に見る。

ベンウッド……すまない。

俺も母が何を言いたいのかさっぱりだ。

「守り方にもよるし、何から守るのかにもよるわよ？　防御して守るのかしら？　それとも脅威を排除して守るのかしら？　魔物《モンスター》から？　人間から？　それとも災害から守るのかしら？　生活を守るのかしら？　それとも信念を守るのかしら？」

お玉を振りながら、母が例を挙げていく。

「私の自慢の息子はおバカなことに、〝全部だ〟なんて無茶を言って、実際にいろいろ無茶をしちゃう、ちょっとヘンな子なんだけど……そこまでの力が欲しいのかしら？」

「僕は……」

ベンウッドが再び顔を伏せる。

「待った、母さん。そこまで悲痛な決断を迫るような話ではないと思うんだけど」

「そうかしら？　人を一人守るっていうのは、なかなか難しいことなのよ。それに、☆1っていうハンデもあるわ。妹ちゃんを守るために、どのくらい強くなりたいの？」

ベンウッドが、少しの間を開けて口を開く。

「僕も、〝全部〟です。妹のために……命を懸けたっていい。マーヤはたった一人の、僕の家族だから」

強い決意の瞳が、こちらに向けられる。

「ふふ、やっぱり。ベンウッド、あなたってアストルにちょっと似てるわね。いいわよ、母さん……お手伝いしちゃう」

満足げに、そして優しげに微笑んだ母はそう言って、魔法の鞄《マジックバッグ》から何かを取り出してテーブルに置いた。

手に握り込めるほどの大きさの丸い何か。

透き通っていて、人の血のような深紅《しんく》をしていた。

「母さん、これ……！」

「あなたに渡そうと思っていたけど、ベンウッドにあげちゃってもいいわよね？」

質問しながらも有無を言わせぬといった母に、俺は頷く。

「ベンウッド。あなたは、どんな風にあなたの世界を守りたい？　イメージして。深く、明確に……ね」

静かに輝く『ダンジョンコア』を示しながら、母がベンウッドに微笑んだ。

異世界ゆるり紀行
子育てしながら冒険者します
1~15
水無月静琉
Minazuki Shizuru
シリーズ累計110万部（電子含む）突破!!
2024年待望のTVアニメ化!
1～15巻好評発売中!
コミックス1～8巻好評発売中!
異世界ゆるり紀行 子育てしながら冒険者します
水無月静琉
転生したら双子を保護しました。
子連れ冒険者の異世界のんびりファンタジー!
子連れ冒険者ののんびりファンタジー!
神様のミスで命を落とし、転生した茅野巧。様々なスキルを授かり異世界に送られると、そこは魔物が蠢く森の中だった。タクミはその森で双子と思しき幼い男女の子供を発見し、アレン、エレナと名づけて保護する。アレンとエレナの成長を見守りながらの、のんびり冒険者生活がスタートする!
異世界ゆるり紀行 子育てしながら冒険者します
水無月静琉
みずなともみ
1
転生したら、幼い双子を保護しました。
シリーズ累計15万部!!
◉各定価：1320円（10%税込）◉Illustration：やまかわ
◉漫画：みずなともみ B6判 ◉各定価：748円（10%税込）

迷宮都市の
錬金薬師
覚醒スキル【製薬】で
今度こそ幸せに暮らします!
前世がスライムだった僕、
古代文明の
絶滅スキルが覚醒!?
前世では普通に作っていたポーションが、
今世では超チート級って本当ですか!?
Oribe Somari
[著] 織部ソマリ

覚醒スキル【製薬】で
今度こそ幸せに暮らします!
迷宮都市の
錬金薬師
[著] 織部ソマリ
Oribe Somari
アルファポリス
前世がスライムだった僕、
古代文明の
絶滅スキルが覚醒!?
前世では普通に作っていたポーションが、今世では超チート級って本当ですか!?

魔力ゼロの
出来損ない貴族、
四大精霊王に
溺愛される
Sora Hinokage
日之影ソラ
魔力なし感情なしの出来損ない――
その空の器に精霊王の力を宿し、
すべてを捻じ伏せて
自由に生きる!!
魔力と感情を持たずして生まれた少年――アスク。
貴族家において出来損ないと蔑まれ続けた彼の欠落はやがて、器としての才覚だと判明する。世界を構成する炎・地・水・風。それらを司る四大精霊王すべてをその身に宿す適格者として、アスクは選ばれたのだ。強大な力と感情を手にした彼は家を捨て、第二の人生を謳歌することを決意する。立ちはだかる、災害級の魔獣に悪魔、亜人差別すら捻じ伏せ――最強の契約者は、自由に生きる!
◉定価:1320円(10%税込) ◉ISBN 978-4-434-33105-3 ◉illustration:紺藤ココン
魔力ゼロの
出来損ない貴族、
四大精霊王に
溺愛される
Sora Hinokage
日之影ソラ
魔力なし感情なしの出来損ない――
その空の器に精霊王の力を宿し、
すべてを捻じ伏せて
自由に生きる!!

この作品に対する皆様のご意見・ご感想をお待ちしております。
おハガキ・お手紙は以下の宛先にお送りください。

【宛先】
〒150-6019 東京都渋谷区恵比寿 4-20-3 恵比寿ｶﾞｰﾃﾞﾝﾌﾟﾚｲｽﾀﾜｰ 19F
（株）アルファポリス　書籍感想係

メールフォームでのご意見・ご感想は右のＱＲコードから、
あるいは以下のワードで検索をかけてください。

アルファポリス　書籍の感想　検索

ご感想はこちらから

本書は Web サイト「アルファポリス」（https://www.alphapolis.co.jp/）に投稿されたものを、改題、改稿、加筆のうえ、書籍化したものです。

落《お》ちこぼれ [☆1] 魔法使《まほうつか》いは、今日《きょう》も無意識《むいしき》にチートを使《つか》う 10

右薙光介（うなぎこうすけ）

2024年 1月 31日初版発行

編集－仙波邦彦・宮坂剛
編集長－太田鉄平
発行者－梶本雄介
発行所－株式会社アルファポリス
〒150-6019 東京都渋谷区恵比寿4-20-3 恵比寿ｶﾞｰﾃﾞﾝﾌﾟﾚｲｽﾀﾜｰ19F
TEL 03-6277-1601（営業）　03-6277-1602（編集）
URL https://www.alphapolis.co.jp/
発売元－株式会社星雲社（共同出版社・流通責任出版社）
〒112-0005東京都文京区水道1-3-30
TEL 03-3868-3275
装丁・本文イラスト－M.B
装丁デザイン－AFTERGLOW
印刷－図書印刷株式会社

価格はカバーに表示されてあります。
落丁乱丁の場合はアルファポリスまでご連絡ください。
送料は小社負担でお取り替えします。

ISBN978-4-434-33339-2　C0093